TAKE
SHOBO

新婚溺愛物語
契約の新妻は甘く蕩けて

すずね凜

Illustration
高野 弓

MitsuNeko

新婚溺愛物語　契約の新妻は甘く蕩けて

contents

イラスト／高野 弓

新婚溺愛物語
契約の新妻は甘く蕩けて

プロローグ

ヴィクトリア時代のロンドンは、産業革命と貿易で経済も文化も栄え、活気に満《み》ち溢《あふ》れた都市であった。

――だが、旧態依然の貴族階級は勢いを失い、商人階級が富を武器に社会に伸《の》し上《あ》がりつつあった。


「お母様、ごめんなさい、ごめんなさい……」

ロンドン王立病院の薄暗い廊下の隅で、ダイアナ・ヒューズはうずくまって啜《すす》り泣《な》いていた。

七歳になったばかりの彼女は、ウェーブのかかった長いプラチナブロンドの髪も、白桃のように滑らかな頬《ほお》も、華奢《きゃしゃ》な身体を包む薄青色のドレスも、どこもかしこも泥まみれだった。すんなりした細い手足には、無数の擦り傷がある。すみれ色の目は、泣き腫らして真っ赤だ。

「――君、どうしたの？　そんなに泣いて……」

背後から、控え目に声がかけられた。

ダイアナははっとして、涙に濡《ぬ》れた顔を振り向けた。

廊下の向こう側に、一人の少年が立っている。

まだ青年期前のひょろりとした肢体。さらさらしたブロンド、はっとするほど端整な顔、切れ長の青い瞳が、気遣わしげにこちらを見ている。

「……お母様が、さっき死んじゃったの……私のせいなの」

ダイアナはしゃくり上げながら言う。

少年が痛ましげな表情で、そっと近づいてくる。

「可哀想《かわいそう》に──でも、君はそんなに幼いじゃないか。君のせいではないよ」

優しい言葉をかけられ、ダイアナはさらに涙腺が崩壊してしまう。ぶんぶん首を振り、声を震わせる。

「ち、ちがうの。お母様は、わ、私をかばって、馬車の下敷きになって……私のせいで……」

口にしているうちにそのときの記憶が生々しく蘇《よみがえ》り、ダイアナは声を失う。

ふいに優しく背中を撫《な》でられた。

少年がダイアナの側に跪《ひざまず》いて、あやすように背中を擦っている。

「泣かないで、可愛《かわい》いドーリィ（お人形さん）」

温かい手の感触に、ダイアナはゆっくり気持ちが落ち着いてくる気がした。

「……お兄さん」

「僕はクレメンスだ。父がここに入院していて、見舞いの帰りだったんだ。君があんまり痛ましそうで、つい……」

「クレメンス……」

涙で潤んだ目で見上げると、少年は心のこもった表情で見つめ返した。

幼いダイアナの胸に、じんわりと暖かい感情が満ちてくる。

「ダイアナ！　そこでなにをしている！」

突然、厳《いか》めしい太い声がした。

ダイアナはぎくりと身を竦《すく》めた。

目の前に恰幅《かっぷく》のよい中年の紳士が立っている。意志の強そうな太い眉、がっちりした顎、灰色の目は冷酷そうに光っている。

「お父様……」

ダイアナは消え入りそうな声を出す。

ダイアナの父は、クレメンス少年を押しのけるようにして、乱暴にダイアナの腕を掴《つか》んで引き立たせた。

「葬式の準備がある。ヒューズ家の屋敷に戻るぞ」

ダイアナは首を振る。

「も、もう少し、お母様のお側《そば》にいさせて……」

「ならん！　もうお前たちの勝手にはさせない。二度と逃がしはしない！」

父はダイアナの言葉に聞く耳も持たず、娘を引《ひ》き摺《ず》るようにして歩き出した。

「——」

クレメンスが声を失って見送っている。

ダイアナは連れて行かれながら、必死でクレメンスの方を振り返った。

クレメンスは膝を突いた姿勢のまま、先ほどと打って変わって、なぜかひどく暗い表情でこちらを見つめていた。だが、ダイアナと目が合うと、彼の視線がふっと解けた。

「泣かないで、ドーリィ（お人形さん）」

クレメンスが慈しむような声をかけてくる。

父に邪険に引っ張られながら、ダイアナは何度もクレメンスを振り返った。

廊下を曲がって彼の姿が見えなくなるまで、何度も——。

幼いダイアナの胸の底には、ずっとクレメンスの美麗な姿と優しい言葉が刻み込まれていた。

十年余りに渡ったダイアナの暗く寂しい人生の中で、それだけが唯一の心のよすがだった。

ダイアナの父ヒューズ侯爵は、高い地位と莫大《ばくだい》な財産を有し、気位が高く傲慢で支配欲の強い男である。

ダイアナの母は、ロンドン社交界でも評判の美人だったが、落ちぶれた伯爵家の一人娘だった。母を見初めた父は、財力にものを言わせ、略奪に近い形で彼女と結婚した。母を手に入れた父は、彼女を行き過ぎた罵詈《ばり》雑言《ぞうごん》と暴力で支配した。母は屋敷を出ることを禁じられ、父の好みの髪型やドレスを強要され、奴隷のように言いなりにさせられた。

生まれた娘ダイアナ共々、父の横暴はおさまらず、自分はともかく娘にまで手を上げるようになった夫に、遂《つい》に母は決心した。

幼いダイアナを連れ、屋敷を逃げ出したのだ。

彼女は田舎の遠縁を頼って、父の束縛から解放されようとしたらしい。

だが、渋滞の激しいピカデリー通りをダイアナの手を引いて横切ろうとしていたとき、馬車同士の衝突事故に巻き込まれてしまった。

荷馬車が二人に倒れかかってきたとき、母はとっさにダイアナを突き飛ばし、自分だけがその下敷きになった。

母は命を失い、残されたダイアナは、父のさらなる横暴の支配下に置かれることになった。

ヒューズ侯爵は、市街の小さな修道院にダイアナを送り閉じ込めた。

そこでダイアナは十余年過ごした。

外界との接触をいっさい封じられ、禁欲的な生活を強いられた。かけがえのない青春期を、ダイアナは年取った修道女たちに囲まれ、質素な服に身を包み清貧の誓いを立てさせられ、神への祈りとお務めという判で押したような毎日を過ごすこととなった。

（どうか、神様、私をここから自由にさせてください！）

毎朝の祈りで、ダイアナはひたすらそれだけを希求した。

いつか誰かが、この暗い鳥籠の中から自分を救い出してくれることだけが、願いだった。

やがてダイアナは、すらりとしたしなやかな肢体と透明感溢《あふ》れる美貌の乙女に成長した。だが、日ごとに表情は生気がなくなり、絶望感と諦念が彼女の心をゆっくりと支配していった。


十八歳になったばかりの、初春。

ダイアナはいつもの通り早起きをして、ひとり礼拝堂の祭壇の前に跪き、一心に祈りを捧《ささ》げていた。

突然、礼拝堂の扉が大きく開き、暗い祭壇の前までさっと早朝の光が射《さ》し込《こ》んできた。

ダイアナははっとして振り向く。

扉口に長身の男性が立っている。

逆光ではっきりと見えないが、すらりとスタイルのよい若者のようだ。彼は靴音を響かせて、まっすぐこちらに歩いてきた。

「誰っ？」

ダイアナは怯《おび》えて立ち上がった。

「ダイアナ――」

艶っぽいバリトンの声で、青年が名前を呼んだ。

目の前に立った青年は、目も覚めるような美貌の持ち主だった。

さらさらした長めの金髪を綺麗《きれい》に梳《くしけず》り、知的な額、澄んだ青い目、高い鼻梁《びりよう》。引き締まった口元がわずかに野性味を帯びていて、端整な顔に意志の強さを加味している。オーダーメイドらしい上等のスーツに身を包んでおり、ぴったりしたズボンが長い足を引き立てている。

ダイアナは警戒心も忘れ、思わず青年に見惚《みと》れた。

修道院に閉じ込められてから、父と神父以外の異性に会うことがなかったせいか、若々しいハンサムな青年の姿に、深い感銘を受けてしまったのだ。

「ダイアナ」

青年がもう一度名前を呼び、にこやかに微笑《ほほえ》んで言った。

「僕と結婚しよう」

第一章　契約の花嫁

「え？」

ダイアナは一瞬、なにを言われたのか理解がいかず、呆然《ぼうぜん》と立ち尽くしていた。

青年はゆっくりと繰り返す。

「僕と君は、結婚するんだ」

やっと我に返ったダイアナは、目を見開いて口ごもりながら言い返した。

「あ、あなたは、なにを言っているの？　い、いきなり、そんな――」

青年が一歩前に出て、距離を縮める。若々しい動作だ。歳の頃は二十五、六歳くらいだろうか。

「僕は、クレメンス・カーター伯爵だ」

ダイアナは一瞬声を呑《の》んだ。

（クレメンス……!?）

その名前は、ひとときも忘れていなかった。

母の死んだ病院で、幼いダイアナを優しく慰めてくれた少年。

(泣かないで、ドーリィ(お人形さん))

心のこもったその言葉は、いたいけな胸に深く刻まれていた。

初恋の人と同じ名前の青年が、目の前に立っている。

(クレメンス——あの人の面影に、似ている気がする……)

脈動が速まり、胸が締め付けられて込み上げてくるものがあった。

声を失って立ち尽くす彼女に、クレメンスは静かに続けた。

「君の父上のヒューズ侯爵と話し合い、承諾を得た。僕はロンドンでも有数の財産家なんだ。僕と結婚すれば、君はなに不自由無く暮らせるよ」

父の名が彼の口から出たとたん、ダイアナの気持ちはすーっと冷えていった。

この一、二年、年頃になったダイアナに、父は様々な婚姻話を持ち込んでくるようになっていた。

それはあからさまな政略結婚だった。

ヒューズ家は由緒と財産のある名家だ。父が勧める結婚相手は、財閥や名のある貴族の家の男たちばかりだった。中には、高齢者や後妻を求める者までいた。

ダイアナの気持ちなどまったく無視した、双方の家の利益になるためだけの結婚だ。

無垢《むく》で純粋なダイアナは、身も知らぬ男と無理矢理結婚させられるのだけは、耐え難《がた》かった。

それくらいなら、一生この暗い修道院に閉じこもっているほうがましだった。

ダイアナは必死で、父の押し付ける縁談を断り続けていた。さすがに父も、成長した娘を昔のように暴力や怒声で言いなりにさせることはできず、今日まではなんとかしのいできたが、日増しに父の脅迫めいた態度が強まり、ダイアナの気持ちは追いつめられていたのだ。

だから、先ほどクレメンスが突然現れ、プロポーズをしてきたとき、一瞬ほんとうに神様が自分を救うために、初恋の人によく似た彼をここに寄越《よこ》したのかと思った。

とうとう自分の願いが届いたのかと。

だが――。

事実は、非情だ。

(所詮、父とクレメンスの間で取引された、財産と身分目当てのプロポーズなんだわ……)

ダイアナは悄然とうなだれた。

「ダイアナ、僕と結婚して、ここを出よう」

クレメンスが促すように言う。

そのとき、ダイアナはふと考えついた。

(そうだ――もしかしたら、これは唯一のチャンスかもしれない。父の支配から逃れ、自由になるチャンス――このままでは、いずれは父に無理矢理に結婚させられてしまう……それくらいなら、初恋のクレメンスに似ているこの人を受け入れ――隙を見て、彼から逃げ出せばいい

んだわ)

かつて、自分の手を引いて父の手から逃れようとした母のように。

今度こそ、本当の自由に向かって飛び立つのだ。

ダイアナはおずおずと顔を上げた。

小柄な自分をまっすぐ見下ろしているクレメンスと、まともに視線が合った。

彼の青い目は真摯で澄み切っていて、ダイアナは魂ごと吸い込まれそうな気がした。しかし、長いこと父からの迫害に遭ってきたダイアナの心の底には、安易に異性のことを信じない頑《かたく》なな凝《しこ》りができていた。

彼女は必死に気持ちを立て直し、平静な声を出そうとした。

「この結婚は、ヒューズ家とあなたの利益のためね」

クレメンスは一瞬目を見開き、表情を硬くした。

だが、彼はすぐに穏やかに微笑んだ。

「そうだね、君がそう思いたいのなら――」

(やっぱり……)

ダイアナはがっくりとする気持ちを抑え、なるだけ冷静を装って言った。

「――私、ここを出たい。あなたと結婚して、それが叶《かな》うのなら――」

ぱっとクレメンスの表情が明るくなる。

「ほんとうに⁉　ほんとうだね⁉」

　思わずというように、彼の両手が肩を掴んだ。異性との接触に恐怖を持っているダイアナがびくりと身を竦めると、彼は気遣うように手を離した。

　そして、彼はゆっくりとその場に跪いた。優雅に右手を差し出す。

「ありがとう、ダイアナ！　嬉《うれ》しいよ！　こんなに嬉しいことはないよ！」

　その表情は無邪気な少年のようで、ダイアナは一瞬、これが取引結婚だということを忘れそうになった。

（素直に信じてはだめ。どうせ、ヒューズ家の財産が手に入ったから喜んでいるのよ）

　彼女はおそるおそるクレメンスの手に自分の右手を載せ、消え入りそうな声で、彼に釘《くぎ》を刺そうとした。

「でも、私、あなたを好きとか、そういうことではないから……」

　クレメンスは満面の笑みで答えた。

「かまうもんか。そういう気持ちは、結婚してからゆっくり育てていけばいいんだから」

　彼はすっくと立ち上がると、ダイアナの手を取ったまま祭壇の前に導いた。

「ちょうどいい、早速神の御前で誓いを立てて、結婚式を挙げよう。神父様を呼んでくるから、少しお待ち」

　ダイアナはあっけにとられた。

彼はそんなにも性急に結婚がしたいのか。

そんなにも家名や財産が欲しいのか？

悲しい気持ちが迫《せ》り上がってくる。

「そ、そんな……」

困惑している彼女をよそに、クレメンスは足早に礼拝堂を出て行き、しばらくすると神父を伴《ともな》って戻ってきた。

手短に事情を聞いたらしい白い髭《ひげ》の神父は、慈悲深い目でダイアナを見た。

「突然の話で驚いているが、ダイアナ――これは、あなたの人生を開くチャンスですよ。よく決断しました」

「――はい」

この修道院に送られてから、神父はずっとダイアナの悲惨な人生に同情的だったのだ。

神父がこの結婚に好意的なことで、ダイアナの決心も固まった。

（そうよ――今こそ、父の支配から逃れるのだわ）

二人は祭壇の前に並び、神父の前で結婚の誓いを立てた。

「富めるときも貧しきときも、病めるときも健やかなるときも、死が二人を分かつまで、愛し慈しみ貞節を守ることをここに誓います」

誓いの言葉はまるで人ごとのようで、頭に入ってこない。

（だって、この人を愛していないもの……自由になるために、神に偽りを誓うなんて、罰当たりかもしれないわ）

ダイアナはうつむいて、ぼんやりと考えていた。

「では誓いの口づけを」

神父の言葉にはっとした。

クレメンスがこちらを向き、そっと両肩に手を置いてくる。

（いや……怖い……）

男性恐怖症のダイアナは、身体が小刻みに震えてきた。クレメンスの端整な顔が、恐ろしい悪魔のように見えてくる。

「ダイアナ――目を閉じてごらん」

クレメンスがあやすようにささやいた。思わず、ぎゅっと目を瞑《つぶ》った。

男の密《ひそ》やかな息づかいが近寄ってくる気配に、身体がひどく強《こわ》ばってしまう。だが、同時にクレメンスの纏《まと》っている柑橘系《かんきつけい》のオーデコロンの爽やかな香りが、不思議と心を落ち着かせた。

「やっと君を手に入れた、ダイアナ――」

「っ⁉」

言葉の意味を考える前に、ダイアナの無垢な唇がクレメンスのそれでしっとりと覆われた。

「ん……」

恐怖感に襲われると思ったのに、生まれて初めての柔らかな唇の感触は、なぜかひどく胸がときめくものだった。なにか痺《しび》れるような甘い感触が、唇から全身に広がり、目眩《めまい》がするようにくらくらした。

わずか数秒の口づけだったのに、ダイアナは息が止まりそうだった。

そっとクレメンスの顔が離れたが、まだ鼻先がくっつきそうなほど間近にある。

「ダイアナ」

艶っぽい声で名前を呼ばれ、そっと目を開くとまともに視線が絡んだ。

彼の青い瞳に吸い込まれそうで、頬がみるみる火照り心臓が早鐘を打ち始める。慌てて顔を背けると、クレメンスは片腕をダイアナの背中に回し軽く支えた。

「神父様、突然の申し出に快く対応していただき、感謝します。彼女を連れていきます」

クレメンスが恭《うやうや》しく神父に一礼した。

神父はにこやかに目を眇《すが》め、目の前で十字を切った。

「どうか、この可哀想な乙女を幸せにしてやって欲しい」

クレメンスはこくんとうなずくと、ダイアナの背中をそっと押して歩き出した。

「さあ、行こう」

ダイアナはまだ夢見心地で、彼とともに礼拝堂を出た。

礼拝堂から修道院の出入り口への石畳のアプローチを進んでいくと、いつもはがっちりと閉まっている高い鉄製の柵扉が大きく開いていた。その向こうに、一台の二頭立て馬車が止まっている。

扉の前でダイアナは立ち止まった。

遂にここを出て行ける。父に閉じ込められた鉄製の鳥籠から、とうとう羽ばたく日が来たのだ。

「馬車が待っているよ」

クレメンスに促され、ダイアナは顎を引いて修道院の門をくぐった。

一歩外は、空気も日の光までもが違って見えた。

「ああ……やっと……」

ダイアナは深呼吸し、感慨を噛《か》み締《し》めた。そんな彼女の様子を、クレメンスは黙って見守っている。

特注らしい豪奢《ごうしゃ》な馬車に乗り込み、馬が走り出した。

窓の外を飛ぶように流れていく景色を見つめながら、ダイアナはようやく頭が動き出す。

(さあ、どうやってこの人の手から逃げ出そうか……)

軟禁状態だった自分を救い出してくれたクレメンスだが、所詮は財産目当ての結婚だ。それなのに、初恋の人の面影を宿した同名の彼に、少しだけ胸がときめいてしまったことも事実だ。

だが、それと彼の妻になることは、違う。

(妻になるということは、この人とひとつのベッドで寝るということ——そこで妻としての務めを果たさなければならないのだわ……)

戒律の厳しい修道院で育ったダイアナは、男女の交わりついてはほとんど無知だった。ただ、それは淫らで堕落した行為で、子どもを得るためには妻は夫に身を任せて我慢しなければならない、とだけ教えられていたので、まったく想像もつかず、恐ろしさが先に立っていた。それだけで、逃げ出してしまいたい気持ちにかられる。

めまぐるしく考えていると、そっとクレメンスが膝の上のダイアナの手に自分の手を重ねてきた。

びくんとして手を引こうとすると、なだめるようにクレメンスの手が手の甲を擦る。彼の手はすべすべして触り心地が良かった。

「なにを考えているの？　僕から逃げようと思っている？」

ずばり心の中を読み取られ、ダイアナは耳朶《じだ》まで血が昇るのを感じた。

クレメンスは薄く笑う。

「でも、それはできないよ。僕たちはもう夫婦になったのだもの。もう君を離さない。どこにもやらない」

耳元で艶めいたバリトンの声でささやかれると、恐れより、身体の奥からなにか熱いものが滲《にじ》み出《だ》すような甘い感覚が生まれ、戸惑う。

（お父様に同じようなことを言われると、恐怖と怒りしか感じなかったのに、なぜ？）

クレメンスが身体をずらして寄り添ってくる。彼の体温を感じ、脈動が速まる。こんなに異性と触れていたことがなく、緊張で硬直してしまう。

「ダイアナ――僕を見て」

熱っぽい声で名前を呼ばれ、思わずクレメンスの方に顔を向けてしまった。

彼の温かい唇が、額にそっと触れた。

怖さより擽《くすぐ》ったくて、肩を竦める。

こめかみ、頬と、クレメンスの唇がゆっくり下りてくる。

彼のさらさらした髪や男らしい骨張った頬の感触に、なぜかぞくぞくした。

最後に唇が重なった。

「ん……」

結婚の誓約のときの口づけと違い、クレメンスは何度も撫でるように触れてくる。そうされると、無意識のうちにきつく閉じていた唇がゆっくりと解けてきた。

ふいに、ぬるりとしたものが唇をなぞった。それがダイアナの唇を割り開き、そっと口腔《こうこう》に侵入してきた。

「ふ？……う？」

それが男の舌だと気がついたときには、歯列を押し開き、歯茎や口蓋をぬるぬると舐《な》め回《まわ》されていた。

本能的恐怖から、思わずクレメンスの身体を押しやろうとすると、肩を抱かれ後頭部を支えられ、身動きできなくなった。

「んぅ……ん、ん……」

怯えて縮こまっていた舌を探られ、絡め取られた。

ちゅうっときつく吸い上げられた刹那、うなじの辺りがかあっと火照る気がした。

「や……んんぅ、んっ、んっ……」

ぎゅっと目を瞑《つむ》り顔を振って逃れようとするが、クレメンスはさらに頭を強く抱え、顔を傾けてより深く入ってこようとする。

咽喉奥まで厚い舌が押し入り、存分に口内を蹂躙され、再び舌を何度も強く吸い立てられた。

口づけがこんなにも情熱的で妖しいものだとは、知りもしなかった。

抵抗もできないまま深い口づけを受けているうちに、息をするのも忘れてしまい、頭がくらくらしてきた。

「……ぁ、あ、ふ……んんぅ……」

未知の甘い痺れが全身に走る。いつの間にか、四肢の力が抜けてしまい、ぐったりした身体をクレメンスに支えられている形になった。

クレメンスは熱い口づけを仕掛けながら、片手でダイアナの肩口から背中をねっとりと撫で、頭を支える手も、髪や地肌を解すように淫らに動いた。

あまりに淫らで濃厚な口づけを延々と続けられ、ダイアナはただ翻弄され蹂躙され、甘い愉悦に征服された。

「……はぁ、は……ぁ……」

長い口づけの果てにようやく解放されたときには、ダイアナは陶酔した表情を浮かべて弛緩《しかん》したままクレメンスの胸にもたれるばかりだった。

「可愛いダイアナ――可愛い僕のダイアナ」

ダイアナの艶やかなプラチナブロンドに顔を埋め、クレメンスが掠《かす》れた色っぽい声でささやく。

「君は僕のものだ」

ダイアナはまだ熱に浮かれたような瞳で、ぼんやりクレメンスを見上げた。

クレメンスが愛《いと》しげに微笑む。

その笑みにひどく深い意味があるようで、ダイアナは胸の奥がきゅんと疼《うず》いた。

その感情がなんなのか、自分ではわからなかった。

ただ、さっきまでクレメンスから逃れることだけを考えていたはずなのに、今は彼のことを知りたいと思っている自分がいる。

(私ったら、どうしたというの？　男の人なんか、恐ろしくて乱暴で大嫌いなはずだったのに……）

それどころか、まだ身体に残る甘い痺れの余韻に、もっと口づけて欲しいと言うように唇が震えてしまう。

クレメンスの口づけひとつで、あっという間に自分が淫らな女になってしまったようで、ダイアナは恥ずかしさに顔を伏せた。

「もっとキスしたい？」

クレメンスが誘うように言うので、ぶんぶんと首を振る。これ以上気持ちを乱されたくない。

父の支配から自由になるために、クレメンスの結婚を受け入れたのだ。

（父の次は——この人に捕らわれてしまったら、もう二度とどこにも逃げられない気がする……）

その予感は、危ない誘惑のようにダイアナの心の中で膨れ上がってくる。

同じように自分を支配しようとしているはずなのに、父とクレメンスとでは、どこが違うというのだろう。

「そうか——でも時間はたっぷりある。君がいやがることは、無理強いしない」

クレメンスがそっと身を離した。

「あ……」

自分で彼のことを拒んだのに、ダイアナはまるで突き放されたかのような空虚な気持ちになり、そんな自分に混乱した。

その間に馬車はジョージ二世像の立つ十字路を通り、豪邸ばかり立ち並ぶ高級住宅街に入った。

市街の閑散とした灰色の街並しか知らなかったダイアナは、通りを行き交う馬車の多さや、煌《きら》びやかな衣装の貴婦人や紳士、シャツを捲《まく》り上《あ》げて荷車を引く商売人、乳母車を押す乳母と夫人、賑《にぎ》やかに走っていく子どもたち等々――人々の多さと活気に目を丸くするばかりだ。

「もうすぐ屋敷に到着するよ。使用人たちには、新妻がやってくると伝えてあるから」

クレメンスは「新妻」と発音するとき、心無しか浮き立った声を出した。

程なく馬車が停止し、外から御者が扉を開けた。

先に降り立ったクレメンスが、ダイアナに手を差し出した。

「ようこそ、カーター邸へ」

そろそろと馬車を降りると、目の前に高い塀に囲まれた大きな屋敷がそびえ立っているのが見えた。

ヴィクトリアン調の目を射るように光る白亜の屋敷は、ダイアナにはまるで女王陛下の住まうお城のように見えた。

「さあおいで」

クレメンスに手を取られ、長い石畳の玄関アプローチを進んでいくと、どっしりとした扉の前の石段に、こざっぱりした制服を着た使用人たちが五十人ほども、ずらりと並んで出迎えている。

「ようこそおいでくださいました、ダイアナ様」

年かさの執事長らしい痩身で白髪の男が、優雅に進み出て二人の前で挨拶した。

「奥様を、屋敷の使用人一同、お待ち申し上げておりました」

優雅に一礼されダイアナはどうしていいか分からず、思わず自分も頭を下げた。

「あ、あの、よろしくお願いします」

執事長が目をしばたたいて顔を上げた。

「どうだ、ヘンリー、可愛らしいひとだろう？　ダイアナ、彼は僕がアメリカ時代から使っている執事のヘンリーだ。屋敷でわからないことは、なんでも彼に聞くといい。ヘンリー、奥様をよろしく頼むよ」

クレメンスの言葉に、ヘンリーが柔和に微笑んだ。

「かしこまりました。ほんとうに初々しくてお美しいお方です。クレメンス様、念願が叶いまして、おめでとうございます」

クレメンスが一瞬目の縁を赤く染めた。彼はさっと顔を背け、ダイアナの背中を軽く押した。

「うん――彼女を部屋に案内するから、後でメイドたちを寄越してくれ。さあ、こちらへ、ダイアナ」

ダイアナは予想以上に豪奢な屋敷や使用人の多さに圧倒され、ぼうっとしたままクレメンスに従った。

胡桃材《くるみ》の斬新なデザインの螺旋《らせん》階段を上がり、近代的な設計の大広間を抜け、長い廊下の突き当たりがダイアナに用意された部屋だった。

「ま、あ……」

一歩部屋に入ったダイアナは、息を呑んだ。

白を基調とした部屋の中は、飾り窓が三面もあり明るく広々としている。

調度品は薄い象牙色で統一され、上品で可愛らしい。

「バスルームはその奥だ。クローゼットも洗面室も繋《つな》がっている。後で君専用のメイドたちが来るから、細かいことは彼女たちにまかせるといい」

窓のない石造りで、他のシスターたちと一緒の二段ベッドの部屋に暮らしていたダイアナには、まるで夢のような部屋にうっとりと見惚れてしまう。

「寝室は、そこの扉を開けると僕の寝所に繋がっている――」

説明しているクレメンスの声を、危うく聞きそびれそうになる。ふと、初めてここに来てからずっと気になっていたことを尋ねてみた。

「あの……ここ新築、なんですね」

屋敷も内部も、真新しい建材の匂いがし、家具も壁紙もぴかぴかだ。

クレメンスは少し自慢げに言う。

「うん、君を迎え入れるために建てさせたんだ。僕の新妻用に、なにもかもまっさらな屋敷が欲しかった」

ダイアナは目を丸くした。

「嘘《うそ》……私のために？」

「もちろんだ」

ダイアナは心の中で首を傾けた。

ではクレメンスは、先に結婚のために屋敷を建ててから、父に自分の求婚の承諾を得にいったというのだろうか？

それは順番が逆なような気がした。

彼はヒューズ家の家名や財産が欲しかったのではないのか。

クレメンスの思惑がよくわからなかった。

押し黙ったダイアナに、クレメンスが勘違いしたのか困惑したような顔で言う。

「――この屋敷は君の好みに合わなかったかい？　僕は長いことアメリカにいたもので、どうもイギリス風の趣味が馴染《なじ》んでいないかもしれない」

ダイアナは慌てて首を振った。そもそも、この屋敷に長居するつもりはなかった。ダイアナの望みは、父からもクレメンスからも逃れ、自由になることなのだから。

「いいえ……とても近代的で新しくて、因習にとらわれていない感じが素敵だと思います」

感じたままを口にすると、クレメンスがにこりと微笑んだ。

「うん。新しい屋敷で、君と一から新しい人生を始めていくんだ」

彼が心からそう言っているように聞こえ、ダイアナは心臓がとくんと高鳴るのを感じた。

(どうしたのかしら、私。クレメンスのことを嫌だと思えない自分がいる……)

自分の思いに捕らわれていると、クレメンスが優しく髪を撫でてきた。まだ男性に触れられることに恐怖を拭えないダイアナが反射的に身を強ばらせる。彼女の素振りに、クレメンスはそっと手を離した。彼を傷つけたような気がして、ダイアナの胸がちくりと痛んだ。

「式を挙げたばかりで悪いけれど、僕はこれから仕事で出なければならない。これでも貿易会社の社長なものでね。でも夕方には戻るから、それまでゆっくり休んでおいで。今日はめまぐるしくて、疲れたろう」

そのままドアノブに手をかけ出て行こうとして、クレメンスがシニカルな笑みを浮かべた。

「僕が帰るまで、逃げないでおくれよ」

ダイアナはどきりとして、頬を染めた。

クレメンスは読心術でも使えるのだろうか。なにもかも見透かされているような気がして、ダイアナはまともに彼の顔を見られなかった。

クレメンスが出て行くと、入れ違いのようにドアをノックし、メイドたちが現れた。彼女たちはダイアナは「若奥様」と恭しく呼び、ぼうっとしているうちにドレスを脱がされ、浴室で数人の手によって入浴させられた。

薔薇の香りのするシャボンを盛大に泡立て、隅々まで丁重に洗われる。修道院では、週に一度、盥《たらい》で湯浴《ゆあ》みする程度だったので、こんな贅沢《ぜいたく》な入浴は久しぶりで、身も心も清々《すがすが》しくなるような気がした。

ふわふわのタオルに包まれ、洗い上げた肌に花の香りのするクリームをたっぷり塗り込められ、時間をかけて全身をマッサージを施された。みるみる白い肌の血行が良くなり、ピンク色に染まっていく。

大きな壁掛け鏡のある化粧室で、メイドたちに着付けを施された。真新しい下着に新品のコルセットを身に着け、これまた新品の柔らかなモスリンの象牙色のドレスに袖を通す。デコルテが色っぽく深くくれ、ウエストに太い薄青のサッシュリボンを巻き、スカートはふんわりと広がっていた。

無造作にうなじで束ねていただけの長い髪を丁重に梳《くしけず》られ、清楚《せいそ》で若い娘らしい髪型に結い上げられ、軽く化粧までされた。

「まあ、天使のようにお美しいですわ！」

「さすがに旦那様は、お目が高いこと！」

仕度を終えたメイドたちが、口々に感嘆の声を漏らした。

ダイアナは、鏡の中の自分をまじまじと見た。

さっきまでの、青白く生気のない自分はどこにもいなかった。

頬を薔薇色に染め、輝くように若々しく目の覚めるような乙女がそこにいる。

(嘘……これが、私?)

今まで父にも修道院にも、慎《つつ》ましく質素に地味に生きることを押し付けられていたダイアナは、目の前の自分の姿が罰当たりなほど艶《つや》やかに見えた。

(君と一から新しい人生を始めていくんだ)

クレメンスの言葉が蘇ってくる。

(新しい人生——私は手に入れたの?)

見違えるほど綺麗になったせいだろうか、心が少しだけ浮き立ってくる。

着替えを終わったのを見計らうように、執事長のヘンリーが部屋にやってきた。

「若奥様。お仕度がすみましたら、食堂にご案内します。旦那様がお待ちかねですよ」

白黒のタイルを市松模様に嵌《は》め込《こ》んだモダンな廊下を歩きながら、ヘンリーがしみじみした声で言う。

「ダイアナ様のようなお美しい伴侶を得て、旦那様もやっと幸せな人生が送れることでしょう。ほんとうに、おめでたいことです」

(やっと……?)

それは今までのクレメンスは幸せな人生ではなかった、ということなのだろうか？

身分も財産も若さも美貌も持ち合わせ、彼には何の不足もないように見えるのに。

（そう言えば、あの人は歳若いのにひどく大人びて見えるときがあるわ……）

気がつくと食堂の入り口に到着していた。クレメンスのことばかり考えていた自分に気づき、ダイアナははっとした。

「若奥様がおいでです」

ヘンリーがドアを開け、身体を脇に寄せてダイアナを促した。

「どうぞ――本日は給仕のみで、ゆっくりとお食事をしたいとの旦那様の希望ですので、私はここで失礼します」

背後でドアが閉まる。

斬新な六角形をした食堂は、洒落《しゃれ》たモスグリーンの漆喰《しっくい》が壁面に塗られ、中央に真っ白いテーブルクロスを掛けた楕円《だえんけい》形のテーブルが置かれていた。テーブルの上には、白い薔薇の生花がクリスタルの花瓶に活《い》けられ、ぴかぴかに磨かれた銀食器が並んでいる。そのテーブルの一番奥、高い窓を背にした位置に、正装したクレメンスが座っていた。

「ダイアナ」

クレメンスはさっと立ち上がり、ダイアナを迎えにきた。

「ああ、なんて綺麗なんだ。本物の『月の女神《ダイアナ》』のようだ」

彼の声には素直に感嘆の響きがあり、ダイアナは意味もなく頬が火照った。

「さあ、今夜は料理長が腕を振るってくれたからね。沢山お上がり」

クレメンスが椅子を引いてくれた。

腰を下ろすと、クレメンスが真向かいに座った。

奥の扉から、さっと給仕が現れ、二人のグラスに泡立つ飲み物を注ぐ。しゅわしゅわと泡が弾ける香り高い黄金色の飲み物に、ダイアナは目を丸くする。修道院では、飲み物は水かなにも入れない紅茶のみだったのだ。

「これは――?」

不思議そうにグラスを眺めていると、クレメンスが自分の分を手に取り、ダイアナを促した。

「極上のシャンパンだ。乾杯しよう」

ダイアナはおずおずとグラスを持ち上げた。

「僕たちの幸せな未来のために」

クレメンスがグラスをかちんと打ち合わせてきた。

(幸せ……)

それがどういうものか、まだダイアナにはぴんと来なかった。

彼がぐっとひと息にシャンパンを呷《あお》るのを見て、ダイアナも同じようにグラスに口をつけて飲み干した。

フルーティーで刺激的な液体が、するすると咽喉を通っていった。胃がかあっと熱くなり、ダイアナはそれが酒だと初めて知った。

晩餐《ばんさん》の記憶は余りない。

一杯のシャンパンですっかり酩酊《めいてい》してしまい、ぽうっとしたまま食事を済ませた。

調理法も分からない色とりどり美味な料理を頂く間、クレメンスはしきりにダイアナを気遣い、味はどうだとか、嫌いなものはないかとか、尋ねてくる。

スープと固い黒パンばかりの、修道院の貧しい食事をしてきたダイアナには、どれもこれも頬が落ちそうなくらい美味《おい》しいものばかりだった。

酔ったせいだろうか、少しはしゃいで返事をしたような気がする。

「ああ美味しい！」

「こんなに美味しい料理は、生まれて初めてです！」

そんなことを口にしながら、残さず料理を平らげてしまった。

晩餐の後、自分の部屋に戻ってから、淑女として男性の前でたらふく食事をするなど、はしたないことだと後から思い出し、ひどく赤面した。少し酔っていたとはいえ、クレメンスの前で無防備な自分を曝《さら》け出したしまったことが恥ずかしい。

食事を済ませて再びダイアナの椅子を引いてくれるとき、クレメンスが小声で言った言葉だけは、はっきり覚えている。

「後で——僕の寝室へおいで」

そのひと言で、はっと我に返ったのだ。

メイドたちが絹の寝間着の着替えを手伝ってくれ、彼らが部屋を出て行くと、にわかにダイアナの心臓がどきどきし始めた。

(どうしよう……クレメンスの寝室に行かなくては……)

夫婦の契りを交わすということが、具体的にどういうものなのかはっきりしない。

修道院では、男女の交わりは恥ずべき行為で、妻は子どもを成すための行為を耐えるものである、と教えられていた。

痛いのだろうか、苦しいのだろうか?

クレメンスに口づけをされたときのことを、ふっと思い出す。

嵐のような情熱的な口づけに、頭が痺れるほどくらくらした。それ以上の行為は、想像することもできなかった。

小一時間も、寝室に入る扉の前で逡巡していた。

扉の向こうは静まり返っていて、クレメンスがこちらへやってくる気配は感じられない。

彼はダイアナが訪れるまで、寝室で待っているのだろうか。

(一晩中こうしていてもしかたないわ——形だけでも夫婦になったのだから、覚悟を決めるしかない)

ダイアナは何度も深呼吸すると、そっとドアノブに手をかけた。

わずかに扉を開けて、寝室の中を覗《のぞ》く。

部屋の中は薄暗く、灯《あか》りは奥のサイドテーブルの上のオイルランプのみだ。

後ろ手に扉を閉め、その場に立ち尽くす。

息をひそめて佇《たたず》んでいるうち、次第に目が慣れて寝室の中が見渡せた。

食堂と同じデザインの、シンプルで機能的な広い寝所の奥に、場違いなほど古典的な天蓋付きのベッドがあった。

そのベッドの上に、濃いグリーン色のガウン姿のクレメンスが腰を下ろし、オイルランプの灯りで本を紐解《ひもと》いていた。

彼は本を静かに閉じると、それをサイドテーブルに置き、静かな声で言った。

「ダイアナ、おいで」

声をかけられると、よけいに身が竦んだ。

戸惑っていると、もう一度あやすような声で言われた。

「君を怖がらすことなど、なにもしないから。おいで」

ダイアナはごくりと生唾を呑み込み、おずおずとベッドに近づいた。

クレメンスがじっとこちらを見ている。オイルランプの灯りに照らされた端整な彼の顔は、陰影が濃く落ちているせいか、普段よりもっと野性味を帯びて見えた。

「ここへ、僕の隣に座って」

軽くベッドの上を叩《たた》かれ、少し離れた位置に腰を下ろした。

緊張で息が忙《せわ》しくなり、自分の心臓の音が寝所中に響いてしまうような気がした。

「――このベッド。少し古風だろう？」

ふいにクレメンスが言い出した。

ダイアナはそっとベッドの四隅の柱から天蓋を見上げた。

細かい蔦《つた》模様の彫刻の施された柱に支えられた房の付いた純白の天蓋。その上に、金色の二羽の鳥の彫像が飾られている。

「このベッドは、両親のものだったんだ。転売されていたものを僕が探し出し、手に入れたんだ」

「――可愛《かわい》い鳥が」

言葉に困りそう口にすると、クレメンスが目を眇《すが》めて天蓋を見上げた。

「接吻《せっぷん》をしている二羽の鳩《はと》だ。幸せな結婚生活のお守りだよ。僕の両親は、それはそれは愛し合い、仲睦《むつ》まじかったんだ」

クレメンスの声に、わずかに悲しみのようなニュアンスが混じった。

だが、ダイアナに振り向いたときの彼の表情は優しい笑みを浮かべていた。

「僕たちも、そんな夫婦になれるかな？」

彼の青い瞳は胸の奥底まで覗《のぞ》き込《こ》んでくるようで、ダイアナは息を呑んだ。

愛し合う？　それはどういうことだろう？

ダイアナの知っている夫婦は、両親しかいない。

独裁的で支配欲にかられ、母をいたぶり苦しめた父。

そんな父に、召使いのように言いなりになって仕えていた母。

最後には母は父の元から逃げようとし、事故死してしまった。

そして、自分の結婚は互いの利益の一致で始まったのだ。

ダイアナはかすかに首を振った。

「わからないわ……」

口にしてから、相手の気分を害してしまうようなことを言ってしまったかと、うなだれてしまう。

ふいにひんやりした長い指が、ダイアナの顎をそっと持ち上げた。

はっとして目を見開くと、まともにクレメンスと視線が合った。

「君は素直で正直だね。でも、それでもいい。君が僕との結婚を受け入れたほんとうの理由など、僕にはどうでもかまわない。今、君が僕の目の前にいる、それだけが真実だ。ねえダイアナ、君は信じてくれないかもしれないが、僕は君をとても大事に思っている」

ダイアナは身体の奥が、なにか熱く震えるのを感じた。

「嘘……」

男の言葉など、信じてはだめだ。

幼い頃から父に虐《しいた》げられていたダイアナの心は、固い頑固な男性不信の殻に覆われていて、すぐには解けそうもない。

その上に、これから処女をクレメンスにさし出さねばならないのだ。

「今はそれでもいい。でも、きっと――」

彼の指が、顎から唇をなぞった。その感触に、ぞくっと背中が震えた。ふいに唇をしっとりと覆われる。

「ふ……」

まだ身を強ばらせてしまうが、口づけを拒むことはしなかった。

小鳥の啄《ついば》むような口づけを何度も繰り返され、気持ちが徐々に落ち着いてくる。

ダイアナの身体が柔らかく解けてくるのを見計らったかのように、クレメンスの口づけが深くなる。ぬるつく舌先で口唇を割られ、くちゅくちゅと淫猥《いんわい》な音を立てて舌を吸われた。

「……ぁ、ふ……ぁ」

甘い口づけに、頭が蕩《とろ》けてくる。前の口づけよりも、もっと早く心地好《ここちよ》さが全身に広がっていく。

「んっ、ん、んぅ……」

舌が擦れ合うたびに、悩ましい鼻声が漏れてしまい、恥ずかしくてならない。息が詰まり、脳裏が酩酊してくる。

情熱的な口づけを仕掛けながら、クレメンスの手がゆっくりとダイアナの寝間着の帯を解いてくる。

「あっ……や……」

前合わせの寝間着がはらりと左右に開き、胸元が露《あら》わになった。

余りの羞恥に身を引こうとすると、クレメンスの片手がぐいっと背中を抱えた。

「怖くないから——見せてごらん」

生まれて初めて裸体を異性に見られる。

ダイアナは、クレメンスの腕の中で小刻みに震えた。

クレメンスの大きな手の平が、ダイアナのまろやかな乳房を覆った。

「あっ、だめっ」

ダイアナは身を竦ませた。

「綺麗な乳房だ。柔らかくて、すべすべしているね」

クレメンスは、その質量を愉《たの》しむかのように、交互に乳房を揉《も》みしだく。

「う……ぁ……」

羞恥と恐怖で、固く瞼《まぶた》を閉じた。

だがそうすると、神経がかえって研ぎすまされ、男の手の動きをつぶさに追ってしまう。

ふいに、クレメンスのしなやかな指が、空気に晒《さら》されて尖《とが》り切った乳嘴をざらりと擦った。

「あっ？　あ？」

刹那、じくんとなにか熱い刺激が乳首の頂から腰の辺りに走り、ダイアナは狼狽《うろた》えた。

ダイアナの反応が微妙に変化したのを見て取ったのか、クレメンスは執拗《しつよう》に交互の乳首を弄《いじ》ってくる。円を描くように乳輪をなぞったかと思うと、敏感な先端を触れるか触れないかのタッチで撫《な》で回《まわ》し、ときに指で挟んできゅうっと摘んでくる。

未知の心地好さがじわじわ身体中に広がっていく。

「……や、ん、ぁ……あ」

自分の乳嘴がいやらしく尖って凝り、クレメンスに弄られるたびに、甘い痺れが下腹部に走るのが、恥ずかしくてならない。臍《へそ》の奥辺りがずきずき脈動し、その感覚がなんなのか分からず、落ち着かなく腰を揺すってしまう。

「気持ちよくなってきた？」

唾液の銀の糸を引いて唇を離したクレメンスが、熱っぽい表情でダイアナの顔を覗き込んでくる。

「や……わからない……もう、触らないで……」

恐怖と羞恥と快感で頭がごちゃ混ぜになり、ダイアナは涙目で訴える。

「でも――濡れてきた？」

クレメンスが熱い吐息とともに、低い声を耳穴に吹き込んでくると、背中がぞくぞく震えた。

「ぬ、濡れてきた？」

意味が分からずおうむ返しに答えると、クレメンスの片手が下腹部に下りてきて、薄い茂みを弄った。

「あっ、きゃっ……だめっ」

恥ずかしい箇所に触れられて、ダイアナは驚いて腰を浮かせて逃れようとした。

「大丈夫――じっとして」

クレメンスのもう片方の腕が、ぎゅっと肩を抱き寄せた。恐ろしくて硬直しているうちに、クレメンスの指が下生えをさわさわと撫で回し、その奥に閉じ合わされている花唇に触れてくる。

「う……ぅ」

それ以上触れられることを本能的に恐れたダイアナが、ぎゅっと太腿《ふともも》を閉じ合わせた。

「怖くしないから――身体の力を抜いてごらん」

クレメンスは一度指を後退させ、ダイアナの柔らかな太腿を撫で擦る。

「で……も」

「もっと、気持ちよくしてあげるだけだから」

低く艶っぽい声でささやかれると、身体の力がふわりと抜けてしまう。わずかに足の力が緩んだ。再び太腿のはざまに、クレメンスの手が潜り込んできた。しなやかな指先が、閉じた秘裂をそろりとなぞった。

「あっ……ぁ」

こそばゆいような痺れるような感覚に、腰がびくりと浮く。

「そ、そんな穢《けが》れた所を……触っては……」

何度も上下に撫《な》でられると、むず痒《がゆ》いような疼きが湧き上がり、恥ずかしくて耳朶まで血が昇った。

「そう修道院や父上に教わったの？　穢れた所だと？」

クレメンスの問いに、無言でこくこくとうなずいた。

「そうか――でも、ちっともそんなことはないんだ。いや、君の身体の中で一番神聖で大事な部分だよ」

そう言い聞かせながらクレメンスの片手は乳房を揉みしだき、恥ずかしい箇所を擽り続ける。

「……ぁ、あ、ぁあ……」

なにかがじわりと蕩けてくる。秘裂を弄るクレメンスの指が、ぬるぬると滑ってくる気がする。

「ほら、濡れてきた」

クレメンスが耳元で嬉しそうな声を出す。

確かに恥ずかしい箇所がとろとろ潤ってくる感触がある。どうしてそんな反応をしてしまうのか分からず、しかも猥《みだ》りがましい気持ちがどんどん昂《たかぶ》ってくる。息が上がって脈動は速まるのに、身体の強ばりが徐々に解けていく。

「や……だめ、あ、やぁ……」

見えなくても、濡《ぬ》れた秘裂の浅瀬でクレメンスの指が滑らかに蠢《うごめ》き、痺れるような甘い心地好さが増幅してくるのが分かる。

くちゅくちゅと淫らな水音まで聞こえてきて、ダイアナはあまりの羞恥に目眩がしそうになった。クレメンスの指で掻《か》き回《まわ》されるのがひどく心地好《よ》く、はしたない鼻声が漏れてしまう。どうしていいか分からず、彼のガウンの胸元にぎゅっとしがみついて耐えた。

「我慢しなくていい。もっと甘い声で鳴いていいんだ」

ふいに、クレメンスが耳朶の後ろにねろりと熱い舌を這《は》わせた。

「きゃ……っ」

ぞわっと怖気《おぞけ》のような刺激が駆け巡り、一瞬両足が無防備に開いてしまった。

その刹那、ぬるぬる動いていたクレメンスの指が、秘裂のすぐ上の小さな蕾《つぼみ》をくりっと擦り上げた。

「ひ……あぁっ？」

雷にでも打たれたような鋭い喜悦が走り、ダイアナは悲鳴を上げて仰《の》け反《ぞ》った。

「やあっ、だめ、なにこれ……あぁ、やぁあ」

痺れる愉悦に腰が砕けそうになり、ダイアナは身を捩《よじ》って喘《あえ》いだ。クレメンスは愛蜜で濡れた指で、膨れたそこを円を描くように何度もなぶってくる。

「あぁ、あ、だめ、あ、あぁぁっ」

経験したことのない凄《すさ》まじい刺激に、ダイアナは思わず男の手首を掴《つか》んで止めようとした。

「だめ、そこだめ、もう……っ」

「なぜ？　とても気持ちいいのだろう？　もっとしてほしいだろう？」

クレメンスの手はびくともせず、ますます微妙なタッチでくりくりと花芽を抉じってくる。

「あ、あぁ……だめ、しないで……あぁ、あ、いやぁ……っ」

余りの快感に意識が飛びそうになり、もうやめてほしいのに、もっとしてほしいような矛盾した欲求に腰が淫らにうねった。子宮の奥がきゅうっと収縮するような甘い痛みが走る。

「可愛いね——感じやすくて、素直で可愛い身体だね」

クレメンスが低い声でささやきながら、高い鼻梁で耳朶の後ろを撫で回すと、その感触にも震えがくるほど感じてしまう。

信じられない。

今まで異性に触れられることなど、虫酸《むしず》が走るほど嫌悪していた。

なのに、クレメンスに自分の一番恥ずかしい箇所を思うままに弄られ、淫らに心地好くなってしまっている。拒絶したいのに、もはや身体中が淫猥に感じやすくなっていて、どこを触られても甘く震えてしまうのだ。

「ああどんどん濡れてきた——僕を受け入れるところがひくひくしている」

クレメンスは陶酔した声を出し、執拗にひりつく秘玉を撫で回した。

「やぁ……もうやめて……変になる……やあ、あぁぁ、あ」

隘路《あいろ》の奥が何かを求めるように戦慄《わなな》くのが分かる。それが何か分からないが、埋めてほしい満たしてほしいと、初心《うぶ》なダイアナを責め立てる。

「やめないよ。君に、初めてのエクスタシーを教えたい——これはどうかな?」

クレメンスの指の動きが変化した。

彼は凝った花芽に指の腹を押し当て、小刻みに揺さぶり始める。

「んんんっ、あ、や、だめ、あ、やぁあっ」

振動が脳芯まで響き、尿意にも似た耐え難《がた》い熱い波のようなものが、下腹部から迫《せ》り上がってくる。

「しないで、もう、だめ、だめに……っ」

堕落しそうな快感の波に、ダイアナは身を捩《よじ》ってクレメンスの腕から逃れようとした。だが、逞《たくま》しい男の腕が華奢《きゃしゃ》な身体をがっちりと抱え込んだ。

「一度、だめになってごらん」

クレメンスは親指で陰核を揺さぶりながら、骨張った長い指をぬるりと媚肉の中に潜り込ませてきた。

「っ……やぁ、指……挿《い》れないで……っ」

隘路を押し広げるように侵入してきた指が、ぬちゅぬちゅと抜き差しを始めた。

「あ、あぁっ、あぁっ」

巧みな指が、せつなくて濃密な快感を引き出す。

「やあ、だめ、なにか……あぁ、なにかが……っ」

もはや恥ずかしい喘ぎ声を抑えることもできず、ダイアナは甘く啜《すす》り泣《な》いて身悶《みもだ》えた。擦られる膣襞《ちつひだ》が、きゅうきゅうクレメンスの指を締め付けてしまう。

「んんっ、だめ、あぁだめ、あぁ、やぁあぁっ」

瞼の裏がちかちか瞬き、迫り上がってきた熱い波が一気にダイアナの理性をさらった。

腰がびくびくと痙攣《けいれん》し、全身が強《こわ》ばった。生まれて初めてエクスタシーというものを知った。

「……ん、はぁ、は……あぁ……」

詰めていた呼吸が戻ったとたん、全身から熱い汗が噴き出し、ぐったりと弛緩した。それを見計らうように、クレメンスの指がゆっくりと抜け出ていった。掻《か》き出《だ》されるように、熱い淫蜜がこぽりと蜜口から触れ出た。

「どう？　初めて達した感想は？」

クレメンスは力の抜けたダイアナの身体を優しく抱きしめ、彼女の乱れたプラチナブロンドに顔を埋めてくる。

「や……ひどい……こんな……」

淫らに感じて、クレメンスの愛撫《あいぶ》を心地好いと思ってしまった自分が口惜しい。

それと同時に、生涯男性と触れ合うことなど怖くてできないと思っていたのに、優しく愛撫されて拒むことができなかったことに、我ながら驚いていた。

（なぜクレメンスに触れられると、こんなに身体が熱くなってしまうのだろう……）

あれほど父から、そして修道院で、淫らな行為に耽溺《たんでき》するのは恥ずべき行為だと教えられていたのに――。

まだ快感に頭が痺れてぼんやりしている。

クレメンスは眦《まなじり》に溜《た》まった涙を唇で受け、火照った頬や額に何度も口づけした。

「今夜はこれまでだ――君の頑《かたく》なな心も身体も、ゆっくりと解していこう。いずれ、僕自身を受け入れてもらうからね」

ダイアナはぼうっとした目でクレメンスを見上げた。

まだこれ以上に、淫らな行為があるというのだろうか。

彼女の初心で無垢《むく》なもの問いたげな視線を、クレメンスは眩《まぶ》しそうに受け止めた。

「そうだよ――夫婦になるということは、二人の身体がひとつに交わるということなんだ。それは互いにとても心地好く素晴らしいものだけれど、初めての君には、随分と受け入れがたい行為かもしれない――でも、きっとよくしてあげるから」

子どもに言い聞かすようなクレメンスの言葉を、ダイアナはぼんやり聞いていた。

（この人は、きっと悪い人ではないのだわ……）

財産と家名目当ての求婚かもしれないが、少なくともダイアナの身体を無理強いで奪おうとするような男ではないのだ。

クレメンスはダイアナの寝間着を整えると、抱きかかえるようにしてベッドに横たわった。

「今日はいろいろあって疲れたろう――もう休もう」

「……はい」

クレメンスのガウンが少しはだけ、引き締まった胸が直に身体に触れてくると、鼓動が速くなってしまう。

クレメンスは掛け布団を引き寄せ、ダイアナがすっぽりくるまるようにした。

「お休み、ダイアナ」

優しく耳元でささやかれた。

男性に抱かれた姿勢で寝るなんて生まれて初めてで、緊張でとても眠れないだろうと思った。

しばらくは身を固くして抱かれていた。

だが、とくんとくんと力強く脈打つクレメンスの鼓動を聞いているうちに、気持ちが緩やかに解《ほぐ》れてきた。やがてふうっと安らかな眠りが訪れ、ダイアナは小さな寝息を立てていた。

クレメンスはなかなか寝付けなかった。

彼は、自分の胸に顔を埋めるようにして眠っているダイアナの華奢な身体を、そっと抱き直す。

彼女がこの腕の中にいることが、まだ夢のようだ。

長いこと、暗く戒律の厳しい清貧な修道院に閉じ込められていた乙女。

独裁的で傲慢な父親に支配されていた少女。

クレメンスはずっと、このいたいけな小鳥を、鉄の鳥籠から解放しようと心に決めていた。

初めて会ったときから、彼女を手に入れることだけを渇望してきたのだ。

そう、あの暗いロンドン王立病院の廊下で声を押し殺して泣いていた、あの小さな少女のダイアナを見たときから——。

幼かった彼女は、クレメンスのことなど覚えていないだろう。だが、クレメンスの方は片時もダイアナのことを忘れたことはなかった。

母を亡くしたばかりなのに、情け容赦なく父に連れ出されていった彼女。

最後に振り返ったときの、救いを求める潤んだすみれ色の瞳が忘れられない。

ずっと彼女に恋い焦がれていた。

あれから十余年。

クレメンスの人生は決して平坦《へいたん》ではなかった。

だが、血を吐く思いで社会の荒波を乗り切り、財を成して爵位を購《あがな》い、とうとうダイアナを手に入れたのだ。

成長した彼女は、稀《まれ》に見る美貌の初々しい乙女に成長していた。

だが彼女の心は、父からの虐待と敬虔《けいけん》なカソリック修道院で厳しい戒律に従ってきたために、痛々しいほど意固地で臆病で男性不信に陥っている。

無理強いはしたくない。

長かった彼女の孤独を、自分の愛で隙間無く埋めてやりたかった。

愛を知らない彼女に、恋するということを教えてやりたい。

ガラス細工のように壊れやすそうなダイアナの心を、羽毛で包むように大事に大事に守ってやりたい。

そして、彼女の心を自分に開かせるのだ。

身も心も存分に愛して、クレメンス無しではいられないようにしてやりたい。

それが——復讐《ふくしゅう》だ。

クレメンスの胸の奥に、抑え込んでいた苦い憎悪が込み上げてくる。
彼はぎゅっと目を瞑り、自分の邪《よこしま》な感情を抑え込もうとした。

第二章　新妻は溺愛されて

こんこんと夢も見ずに眠りこけていた。

ふっと目を開けると、天蓋幕を下ろした隙間から、眩しい日の光が射し込《さこ》んでくる。

「あっ、いけない」

朝の祈りの時間に遅れてしまう。慌てて起き上がろうとして、自分の肩を抱いている逞しい腕に気がついた。

「……あ」

ダイアナを胸に抱き込むようにして、クレメンスが寝息を立てている。

やっとダイアナは気がついた。

昨日、自分はこの男と結婚したのだ。

ダイアナはまだ実感が伴わず、ぼんやりとクレメンスの寝顔を眺めた。

端整な顔にブロンドの髪が垂れかかって、昨日よりずっと少年ぽく見える。長い睫毛《まつげ》を伏せ、かすかに形のいい唇を開け、ひどく無防備だ。

ダイアナは、彼の寝乱れた髪を撫《な》で付《つ》けてやりたい欲望にかられた。おそるおそる手を伸ばそうとして、クレメンスがうーんと眠そうな声を上げたので、慌てて引っ込めた。

クレメンスが目をしばたたいて、こちらを見た。

「起きていたのか？」

寝起きの彼の声は少ししゃがれていて、それが婀娜《あだ》っぽい。

「ついさっき……」

ダイアナは、昨夜の恥ずかしい行為を思い出し、目を伏せて小声で答えた。

「昨夜は怖がらせてしまった？　怒っているかい？」

ごく自然にクレメンスの手が伸びてきて、ダイアナの長い髪の毛に触れてくる。習慣的に一瞬身を強ばらせたが、彼が優しく撫で付けてくれるので、じっとしていた。

「いいえ……」

怖いわけではないのに、やけに胸がどきどきして困惑する。

「さて、天気も上々のようだし、今日は君と外出でもしようか」

「外出？」

「うん。昨日僕の経営する会社に言っておいたんだ。結婚したから、一週間休みをもらうってね、だから、今日から一週間は、ずっと君といられる」

「……」

「朝から晩まで一緒だ」

クレメンスがうきうきした声を出す。一方で、ダイアナは戸惑っていた。

(ずっと一緒にいられたら、逃げ出す機会が無くなってしまうわ)

ダイアナの胸の内など知らぬ気に、クレメンスは顔を寄せてダイアナの目をまっすぐ見つめた。

「君はあの修道院以外の世界を何も知らないだろう？　僕がこれから、全部見せてあげる。ロンドン、イギリス中――いや、いずれは外国にだって行こう」

「世界……？」

ダイアナは目を見張った。

父やクレメンスの元から逃げ出し、自由になろうと目論《もくろ》んでいたが、自分は世の中のことを何も知らないということに、やっと気がついたのだ。

(この屋敷を一歩出たら、右も左もわからない……そんな私が、どこへ逃げていくというの？)

自分があまりにも世間知らずで、情けない気持ちになった。

「そうだな、今日は手始めに――リージェンツ・パークのロンドン動物園にでも行こうか」

「動物園……って？」

「世界中の珍しい動物が生きたまま集められているんだ。アフリカ象のジャンボとか、エジプトから来たカバのオベイシュとか、人気者の動物がいっぱいいるよ」

ダイアナはぽかんとして聞いていた。

ダイアナの知っている動物といえば、修道院の番犬、さまよい込んでくる野良猫、屋根に巣を作っている雀《すずめ》、そして馬車馬程度だ。象もカバも、どんな生き物なのかまったく想像もつかない。

すみれ色の瞳をあどけなく見開いている彼女に、クレメンスが微笑ましそうな表情をした。

「知りたそうだね。うん、決めた。今日のデートは動物園だ」

クレメンスが勢いよく起き上がった。

ガウンがはだけて、引き締まった上半身が剥《む》き出《だ》しになり、ダイアナは慌てて目を反らす。

「さあ起きて。二人で朝食を摂ったら、君はうんと着飾っておいで。馬車を用意させて待っているから」

クレメンスはダイアナの背中を抱き起こすと、額にそっと口づけし、軽々とベットから飛び下りた。その仕草が、若々しく腕白な少年のようで、思わず見惚《みと》れてしまった。

焼きたての白パン、かりかりに焼いたベーコン、柔らかなスクランブルドエッグ、蜂蜜、バター、ジャム、色とりどりの果物に新鮮なミルク——今まで見たこともないような豪勢な朝食を取り、化粧室でメイドたちに囲まれて身支度した。

「ロンドン動物園にお出かけなら、流行の最先端のドレスがよろしいですね」

「誰もが振り向くくらい、若奥様をお美しくしてさし上げますよ」

メイドたちがやけに意気込むので、ダイアナは戸惑ってしまう。

「あの……動物を見に行くのに、着飾る必要があるの？　動物に見せても、しかたないと思うのに」

ダイアナの無邪気な問いに、メイドたちは思わず笑みをこぼして答えた。

「若奥様、今、ロンドン動物園はそれは沢山の紳士淑女が集まってくるのです。貴婦人たちの間では、ロンドン動物園に行くということは、最新ファッションを競い合う社交場になっているんですよ」

「ですから、若奥様は旦那様の名誉のためにも、誰よりも美しく装う義務がございます」

ダイアナは目をぱちくりしながらうなずいた。

昨日まで、判で押したような単純な生活を送っていたダイアナにとっては、外出の仕度ひとつでこの大仰な騒ぎになることに、目眩《めまい》がしそうだった。

ただ、それが不快なものでないことが不思議だった。

着飾ったり装ったりすることは罪だと教えられてきたのに、メイドたちが選んだリボンとレースをふんだんに使った、お尻の辺りにスカートを高く持ち上げるバッスル・スタイルという薔薇色のドレスを見たとたん、そのあまりに綺麗さに胸がときめいてしまった。

きゅっとウエストを細く締め上げ、まろやかな胸元を強調するデコルテの深いデザインは、すんなりしたダイアナによく似合った。

髪を高く結い上げ長いうなじを強調し、羽飾りの付いたつばの狭い帽子を被ると、鏡の中には輝くばかりに美しい貴婦人が立っていた。

「ああ素晴らしいですわ！」

「人々の視線を集めること、間違いなしの美しさです！」

メイドたちが感嘆の声を上げ、姿見に前後左右を写しながら、ダイアナも我ながらまんざらでもないと思った。

（クレメンスは気に入ってくれるかしら……）

そう思ってからはっとする。

（いやだ、私ったら——何を浮かれているのかしら……クレメンスがどう思うと、関係ないのに……）

それでも、絹の手袋を嵌《は》め洒落た日傘を片手に持って、クレメンスが待ち受けている玄関ロビーへの階段を下りていくときには、少し胸がどきどきした。

正面扉の前に、グレーのモーニング姿のクレメンスが立っていた。

身体にぴったりした仕立てのスーツが、彼のスタイルの良さを際立たせ、少し細めにしたズボンが、長い脚を魅力的に見せている。綺麗に金髪を後ろに撫で付け、申し分ない美青年ぶりだ。

（結婚の動機がどうあれ、クレメンスがとびきりの美丈夫であることは事実ね）

ダイアナもそれは認めざるを得ないと思った。

階段を下りてくるダイアナを見上げて、クレメンスがぱっと顔を輝かせた。

「これは——想像以上に美しく仕上がったね。僕が知る中でも最高の貴婦人だ！」

大げさに褒められ、頬に血が昇ってくる。

今まで容姿を褒められたことなどなかったせいか、お世辞でも嬉しくて心が躍ってしまう。

そして、そんなふうに心が浮き立ってしまう自分が不思議だった。

「お二人が並ばれますと、ほんとうに絵になります。いってらっしゃいませ」

玄関の前に止めてあった馬車の扉を開けながら、執事長のヘンリーの声も嬉しそうだ。

二人が乗り込み馬車が走り出すと、クレメンスはダイアナを満足げに見つめた。

「間に合わせの既製服でも、こんなに見事なんだ。早速、明日にでも仕立て屋を呼んで、オーダーメイドのドレスやアクセサリーを作らせようね。朝用昼用夜会用と、それぞれ最低十着は必要だな」

「あ、あの、クレメンス——私、そんなに服は必要ないわ。二着もあれば着回せるから——」

修道院では、生成りと灰色の無地の、簡素なドレス二着しか与えられなかった。着飾ることなど、今まで一度もしたことがない。

「ダイアナ——」

ふいにクレメンスが生真面目な表情になった。

「君は十八歳だろう？　花も恥じらう娘盛りだ。うんとおしゃれして、美味《おい》しいものを沢山食べて、楽しいことをいっぱいしたいと思わないか？」

「でも……」

七歳からずっと修道院に閉じ込められていた。

静謐《せいひつ》な規律正しい生活だったが、何も心躍るようなことはなかった。

今急に、人生を楽しめといわれても、どうしていいか途方に暮れてしまう。

「もう君は自由なのだから、好きに自分の人生を使うんだ。僕がそのための案内人になってあげる」

「私は……自由——なの？」

ダイアナは思わずつぶやいた。

父の支配から逃れても、次の支配下に置かれただけだと思っていた。

「そうだとも」

クレメンスが力強くうなずく。

その深い青い目に、引き込まれそうだ。

まだ彼を信じていいのか確信は持てなかったが、自分の心がこの十余年の間に、固い殻の中に閉じこもってしまっているのをしみじみ感じていた。

間もなく馬車はロンドン動物園に到着した。

すでに園内は人混みでごった返している。

「ああ、うっかりしていた。今日は月曜日だった。入場料が半額の日なんだよ」

ダイアナに手を貸して馬車から降りながら、クレメンスがつぶやいた。

「――」

まるで戦争でも起きているような人の数に、ダイアナは怯《ひる》んだ。

大勢の人前に出ることに、慣れていない。

クレメンスの差し出した手に載せた自分の手が、小刻みに震えた。

彼女の躊躇《ためら》いを察知したのか、クレメンスがことさらに明るい声を出した。

「でも、君に魅了される人が倍増されると思えば、かえって好都合だね」

ダイアナは無言のまま、クレメンスにエスコートされ、動物園の中に入った。

ざわっと周囲の人々の空気が動いた。

並んで歩くクレメンスとダイアナに、いっせいに視線が集まった。

すらりした二人の姿は、絵に描いたような美男美女のカップルだった。

ダイアナはこれほど大勢の人に注目されたことがなく、怯《おび》えて思わずクレメンスの腕にぎゅっとしがみついてしまった。

「怖がることはない。みんな、君の美しさに見惚れているだけだから。こんなに君が熱いまなざしを送られるなんて、僕まで誇らしくなるよ」

クレメンスが得意げに言う。

「……そんな、私なんか──きっと、みんなあなたを見ているのよ……その、あなたは、素敵だもの」

ダイアナが目を伏せて恥ずかしげに答えると、クレメンスは何が可笑《おか》しいのかくすくすと笑う。

「ふふ、君はまだ自分の魅力に気がつかないんだね」

園に入っていくと、修道院にある馬小屋の中のような獣臭がし、あちこちで獣や鳥の鳴き声が響いてくる。

広い敷地のあちこちに鉄柵の檻《おり》が置かれ、様々な動物が入っていた。

家族連れや恋人同士など、大勢の人々が歓声をあげて檻に群がっている。

「あれは水牛だね。真っ黒で力がありそうだ」

「熊がいるよ。二本足で立てるんだよ」

クレメンスが檻の前を通るたびに生き物の解説をしてくれるが、ダイアナは慣れない人混みで酔ってしまいそうで、ろくに鑑賞できない。

ふいにクレメンスがぎゅっと手を握り、ダイアナを引っ張った。

「こっちへおいで」

「あ――」

引《ひ》き摺《ず》られるように園内の中心に進んだ。

広場のような所に、山のような人だかりがしている。

きゃあきゃあ甲高い子どもの歓声や、女性の悲鳴も聞こえる。

「ちょっと通してください。失礼」

クレメンスは人混みをかき分け、前に出て行く。ダイアナは必死で彼についていった。

「そら、見てごらん。あれが、象だ」

人の輪の一番前に出ると、クレメンスが指差した。

「あっ――」

ダイアナは息を呑《の》んだ。

灰色で巨大な生き物がそこに立っている。

人間の何倍も背が高く、足はひと抱えもあるほど太く、身体は山のように大きい。皮膚はまるでごつごつした岩石のように固そうで、とても生き物には見えなかった。

何より、にゅっと伸びた長大な鼻に驚愕《きょうがく》した。

生まれて初めて見る珍妙な動物の姿に、ダイアナは唖然《あぜん》として見惚れていた。恐ろしげな身体付きだが、皺《しわ》だらけの顔に埋もれた目は利口そうで、捲《めく》れた口元に愛嬌《あいきょう》があった。

「すごい……」

象は背中に大きな鞍《くら》のようなものを背負っていた。背もたれを背中合わせにした、長椅子のような座席だ。鞭《むち》を持った動物園の係が声をかけて合図をすると、象はゆっくりと地面に膝を折った。

並んでいた子どもたちや貴婦人が、いっせいにその座席の上によじ上った。十人ほど載せると、また合図され、象がゆるゆると立ち上がった。

象の背中に乗った人々が、歓声を上げる。

「まあ、力持ちなのね！」

ダイアナも思わず声を上げた。

象は人々を乗せたまま、ゆっくり広場を一周し始める。

「あんなに大きいのに、大人しくて。人間の言葉もわかるのね」

いつの間にか夢中になって、象に見惚れていた。

一周した象が戻ってきて再び膝を折ると、乗っていた人々が下りて、待っていた次の人々が乗り込んだ。

「二ペンス払えば誰でも乗せてくれるよ。乗ってみるかい？」

耳元でクレメンスが声をかけた。

ダイアナは驚いて首を振った。

「いいえ、まさか……そんなの、怖くてとても無理です」

クレメンスが笑う。

「あんな小さな子どもだって、平気で乗っているよ。大丈夫、象はとても大人しくて、人間くらい賢い生き物らしいよ」

心が少し動いて、胸がどきどきした。

「ダイアナ、自由になりたければ、引っ込み思案でいてはだめだ。広い世界で、いろいろな体験をするべきだ」

クレメンスはそう言うや否やダイアナの手を握って、象の背に乗る順番を待つ列に並んだ。

「あ、無理よ……！」

後ずさりしようとすると、クレメンスがぎゅっと手を引きつけた。

「実は、僕も象に乗るのは生まれて初めてだ。ぜひ、一緒に体験しようよ」

彼の白皙《はくせき》の頬がかすかに紅潮し、青い目が少年のように悪戯《いたずら》っぽく輝いている。

（いつもは大人びているのに――こんな、少年みたいな表情もするんだわ）

ふいに心臓がきゅんと締め付けられた。

甘酸っぱい感情が胸の奥から涌《わ》き上ってくる。

（もしかしたら、この人こそが私を解放してくれる人なのかも……）

ダイアナは自分の心を固く閉ざす幾つもの鍵のひとつが、音を立てて外れたような気がした。

順番が来て、ダイアナはクレメンスに手を引かれ、おそるおそる象の背中に乗った。座席には落下防止の革のベルトが付いていた。

「いよいよだね」

クレメンスがわくわくした声を出し、隣に座ったダイアナの手に自分の手を重ねた。ダイアナも、恐怖と期待とが入り混じって、心臓がばくばくいっていた。

「では、ジャンボ。スタンダップ」

係員が声をかけると、象はのっそりと立ち上がった。

ゆらりと地震のように揺れて、ダイアナや他の乗客たちが軽く悲鳴を上げた。

上昇していく感覚に、思わず目を瞑《つぶ》ってしまう。

すぐに動きがぴたりと止まった。

ダイアナはそろりと目を開いた。

「わあ……！」

象の背の上は、信じられないくらい高かった。

平坦な動物園の端から端まで見渡せ、塀の向こうのリージェント通りの街並まで伺えた。

まるで自分の世界が違って見える。

景色に目を見張っていると、係員の命令で象が音もなく歩き出す。

ゆらりゆらりと舟に揺られているような動きだ。

「ああすごい、クレメンス、動いてるわ、すごい……」

ダイアナは次第に心が躍ってきて、歓声を上げた。

「これは壮観だな」

クレメンスも感心した声を出す。

軽く広場を一周し、象は元の場所に戻ってきた。

再びゆっくりと象が膝を折り、客たちはベルトを外して座席を下りた。誰もが興奮し、口々に感想を述べ合っている。

クレメンスとダイアナは最後に座席を下りた。

クレメンスに手を借りて、象の背中から降りた瞬間だった。

象が長い鼻を伸ばし、ダイアナの帽子をぱっと掴《つか》み上《あ》げたのだ。

「あっ⁉」

乱暴されるのかと、ダイアナはぎくりと身が竦んだ。クレメンスがとっさにダイアナの前に立ち塞がった。

「なにをするんだ！」

象は小さな目でクレメンスとダイアナを眺め、それからゆっくりと帽子をダイアナの頭に被《かぶ》せ直した。

二人はあっけにとられて象を見つめた。

「ご令嬢、ジャンボは美人さんに弱いんですよ。今日のお客様の中で、とりわけ美しいあなたに、ジャンボからの敬意表明ですぞ」

係員がのんびりした口調で言い、象が悪戯っぽく長い鼻をゆらゆら振った。

一瞬緊張した周囲の客たちが、爆笑していっせいに拍手した。

クレメンスとダイアナは、思わず赤面して顔を見合わせた。

「やだ、びっくりしたわ」

「これはジャンボにしてやられたな」

二人は同時にぷっと噴き出した。

ダイアナは身を捩《よじ》るようにして、大声で笑った。

「ふふふ、あの鼻、とっても器用なのね。驚いた」

あまり笑い過ぎて、目尻に涙が浮かぶほどだった。

象乗り場から離れ、まだ笑みを深く残したまま、二人は他の檻を見て回った。

「見てクレメンス、あれがカバね。ああ岩の塊みたい。見て、あくびしたわ。口があんなに大きい！」

ダイアナはすっかり夢中になって、少女のように頬を染め瞳を輝かし、動物を鑑賞した。

そんな彼女を、クレメンスは愛《いと》おしげに見つめていた。

園を一巡し、ベンチに座ってクレメンスが売店で買ってきたアイスクリームを食べた。

アイスクリームなるものを食べるのも初めてだった。冷たくて甘くて咽喉をひんやり通り過ぎるお菓子に、ダイアナは魅了された。

「美味《おい》しい！　ああ、こんな夢みたいなお菓子がこの世にあるなんて！」

夢中になってスプーンを使っていると、横に座っていたクレメンスが笑いながら言う。

「ダイアナ、口にアイスクリームがついているよ」

「え？」

慌てて口の端を指で触れると、

「そこじゃない、ここ」

そう言ってクレメンスが顔を寄せ、ちゅっと唇に口づけをしてきた。

「あ──」

不意をつかれて、ダイアナは耳朶《じだ》まで赤くなった。

「もうっ、ずるいわ」

口ではそう言ったものの、少しも不快ではなかった。

「──やっと君の笑い声を聞いたね」

クレメンスは、まだ顔を近づけたまましみじみと言う。

ダイアナははっとした。

「出会ってからずっと、僕は君の笑顔を見たことがなかった。結婚式のときも、屋敷に来たときも、ベッドの中でも──君はずっと怯えた小鳥みたいに小さくなって、警戒心が剥き出しで

「――」

「私……」

言われればその通りだ。

結婚を受け入れてから、微笑むことすらできなかった。

いやそれを言うなら、修道院に入れられたときから、ダイアナは笑いを失っていた。

声を上げて笑うことは、はしたなく戒律にかなっていないと、厳しく禁止された。そもそも、修道院での生活に楽しいことなど少しもなかったのだ。

それが今日。

動物園に来てから、いつの間にか数えきれないくらい笑った。

楽しくて楽しくて、胸がはち切れそうに弾んだ。

はしゃぐ、ということを、久しぶりで心から味わった。

クレメンスが目を眇《すが》めてにっこりする。

「よかった。無理にでも、君をここに引っ張り出したかいがあった」

「……クレメンス」

ダイアナはぐっと胸が詰まった。

鼻の奥がつんとして、涙があふれそうになる。

慌ててアイスクリームのカップに顔を伏せるようにして、食べ始める。

甘いはずのアイスクリームが塩《しょ》っぱかった。

ほんとうは、なにかクレメンスに優しい言葉をかけたかった。

（ありがとう――ここに連れてきてくれて）

そのひと言が、どうしても口にできず、もどかしかった。


その夜。

夫婦の寝室で、クレメンスは再び巧みな指の愛撫で、ダイアナを極めさせた。

敏感な花芽を転がされ、濡れそぼった蜜口の奥の方をそっと優しく押し上げられると、どうしようもなく心地好くなってしまい、なにかの限界に達して気が遠くなってしまう。

「は……っ、あ、ぁ……」

頬を上気させ息を弾ませ、淫らに達してしまった自分が恥ずかしくて、赤子のように身を丸め、自分の殻に閉じこもるような姿勢になった。

「――ぐっすり、お休み」

そんなダイアナに、クレメンスが肩まで毛布を掛けてくれる。

こんないやらしい行為を仕掛けて、自分をさんざん翻弄するクレメンスを恨めしいと思う反面、今まで知らなかった未知の快感を教えてくれる彼を、心から拒めない自分がいる。

ダイアナの側で自分の毛布を引き寄せて眠ろうとしている彼のほうに、そっと顔を振り向けた。クレメンスと視線が合う。慌てて目を逸《そ》らしながら、思い切ってつぶやいた。

「お、お休みなさい――あの、今日は……愉《たの》しかった、です」

口ごもりながら言うと、クレメンスが子どもにするように頭を撫でた。

「うん。明日は、もっと愉しいところへ行こうね」

胸がとくんと高鳴る。

明日に期待している自分がいる。

(期待なんて……今までいつも期待を裏切られてきたのに――私ったら……どうして……)

睡魔が襲ってきて、それ以上は何も考えられなくなった。


翌日は早起きをして、クレメンスに伴われ、ハイド・パークに散歩に出かけた。

「早朝のハイド・パークは、貴族の社交場なんだ。挨拶がてらおしゃべりをし、いろいろその日の予定や情報交換をするんだ」

淡いクリーム色のモスリンのモーニングドレスに着替えたダイアナは、緊張してクレメンスの話を聞いていた。

「ク、クレメンス、私――大勢の貴族の方々とおしゃべりなんか、できないわ」

人見知りの激しいダイアナは、今にも泣き出しそうになった。

ぱりっとしたグレーのウールスーツを着こなしたクレメンスが、にっこり笑う。

「最初はただ、僕の横で微笑むだけでかまわない。だんだん挨拶もできるようになるから」

そう促され、仕方なくうなずいた。

早春のハイド・パークは、エレガントに着飾った貴族たちで溢れていた。

子連れも多く、大きな池のほとりで裸足《はだし》になった貴族の子どもたちが足を濡らして賑《にぎ》やかにはしゃいでいる。

そこここのベンチや木陰で、日傘を優雅に貴婦人たちがおしゃべりに興じ、紳士たちは煙草《たばこ》を吹かしながら四方山話《よもやまばなし》に花を咲かせている。

腕を組んだクレメンスとダイアナがやってくると、皆の会話が止まり、いっせいに視線が集まった。

ダイアナは怯えて、思わずクレメンスの後ろに隠れそうになった。

だがクレメンスは、ぐっとダイアナの腕を抱え込み、のんびりした口調で言う。

「今日もいい天気になりそうだ。午後からは、大英博物館に行ってみようか？　君はエジプトのファラオのミイラを見たことがあるかい？」

「い、いいえ……」

ダイアナは緊張で口をきくのも精一杯だった。

「これはカーター伯爵。お早うございます。今朝はまた、絶世の美女をお連れですな」

ふいに立派な口髭《ひげ》の紳士が話しかけてきた。

「これは、リッチモンド卿《きょう》。お早うございます。彼女はダイアナ、僕の妻です」

クレメンスはシルクハットのつばを軽く持ち上げて、挨拶した。ダイアナはどうしていいかわからず、途方に暮れる。

「笑って」

そっとクレメンスがささやいたので、慌てて笑みを浮かべた。

「おお！　なんて麗しい奥方様だ。奥様、お見知りおきを」

「お早う、カーター伯爵。そちらが噂《うわさ》の麗しき新妻さん？　私と母に、紹介してちょうだいな」

今度は、若い貴婦人とその母らしい婦人がやってきた。

クレメンスは嬉しそうに言う。

「レディ・レッグウィッズと御母堂。私の自慢の妻、ダイアナです」

ダイアナは必死で微笑み続けた。

そこからは、一歩進むたびに紳士や淑女が挨拶に現れ、その度にクレメンスに紹介され、微笑む、の繰り返しだった。

ハイド・パークの池にかかる橋を渡り、木陰のベンチまで来ると、やっと二人きりになった。

並んでベンチに腰を下ろす。ダイアナは顔に笑顔が張り付いて、元に戻らないような気がした。

「誰も彼も、君のことを賞賛しまくっていたね。僕は誇らしくてならなかったよ」

クレメンスは満足げに足を組んだ。

だが、ダイアナの方は極度の緊張感でくたくただった。

こんな慣れない人混みへ自分を連れ出したクレメンスを、恨めしくさえ思った。

「そんな——私なんか……みんなあなたに遠慮して、お世辞を言っているのよ……」

うつむいてつぶやくと、クレメンスがふいに強い口調になる。

「そんなことはない。ここに集まっている貴婦人の中で、君が最高に輝いていて美しかった」

ダイアナは目をぱちぱちした。

こんなあからさまに褒められることに慣れていない。彼が本気なのかすらわからない。

「うそ……」

「嘘《うそ》なんか、言わない。可愛いダイアナ」

クレメンスがちゅっと額に口づけしてきた。

それだけで彼の言葉に嘘がないと思えてしまい、なぜだか、胸がきゅんと疼《うず》いた。

そして、ただにこにこしているだけで、ひと言も挨拶ができなかった自分が、礼儀知らずで恥ずかしいと思った。

「——ごめんなさい。次は、きちんと挨拶できるように心がけます」

畏《かしこ》まって言うと、クレメンスが優しくうなずいた。

「うん、その気持ちだけで、ずいぶんと進歩したよ。素晴らしい」

ダイアナはなぜか胸が躍り、頬に血が昇った。

やっと、朝の光や空気を愉《たの》しむ余裕ができてきた。

「ほんとにいいお天気ね。大英博物館も、行ってみたいわ」

顔を上げて空を見上げる彼女を、クレメンスが微笑ましげに見つめていた。


「――誠に申し訳ありませんが、そこのお美しいお二方」

ふいに声をかけられ、二人はそちらに顔を向けた。

山高帽を被ったスーツ姿の男と、箱形の写真機と三脚を抱えているベストにシャツを腕まくりした青年が立っている。

「おくつろぎのところ失礼します。私は『ロンドンタイムス』という新聞社の記者なのですが、ロンドンの街角で見かけた美男美女というコーナーを担当していまして、お二人のあまりに絵になるお姿に、ついお声をかけてしまった次第で――できれば、お写真を撮って、今度の日曜版の紙面に掲載させていただけませんか？」

山高帽の男は、丁重に挨拶して名刺を差し出した。

受け取ったクレメンスは、愉しげにうなずいた。

「それは光栄だな。どうだろう、ダイアナ？」

ダイアナは戸惑った。

写真を撮られたことなど一度もなく、ましてやその写真が大勢の人の読む新聞紙に載るなど
と、考えただけではしたなくて恥ずかしい行為に思えたのだ。

「わ、私なんて……そんなこと……とても」

口ごもってうつむいてしまうと、クレメンスが背中を優しく抱いて言う。

「君と二人で撮る初めての写真が新聞に載るなんて、一生の想《おも》い出《で》になるじゃないか」

「想い出……?」

クレメンスはうなずく。

「これからうんと楽しい想い出を、二人で作っていこう」

その言葉は、ダイアナの心の深く柔らかい部分にじんと染みた。

母が死んでから、楽しい想い出などひとつもなく、思い出したくない記憶ばかりだ。

だが、今は——この記憶をとどめておきたい、と強く思う。

写真に自分の姿が残るというのがなんだか怖くて不思議な気持ちがしたが、クレメンスと一
緒なら、一歩前に出ることができそうな気がした。

「はい……」

こくんとすると、クレメンスがぱっと微笑《ほほえ》んだ。

「では、よろしくお願いする」

「感謝いたします」

山高帽の男は側のカメラマンに合図した。

カメラを構えた男は、数メートル離れると上からレンズを覗《のぞ》き込《こ》んだ。

「ああ、お二人もう少し寄り添ってください。ええと――」

「カーター伯爵だ。こちらは私の新妻だ――結婚したてでね」

クレメンスがそう答える。「新妻」という言葉に、ダイアナはむやみに心が浮き立つのを感じた。

「それはおめでとうございます。では、記念にうんと素敵に撮りましょう。ここの丸い部分を見てくださいね」

カメラマンは三脚にカメラを設置し黒い布をすっぽりと被り、腕を突き出した。

「これから十数えますから、その間、どうかじっとしていてください。ああ、できればにこやかに笑ってくださいね」

クレメンスがぐっとダイアナの肩を引き寄せ、ダイアナは息を止めてカメラの方を見つめた。緊張して顔が強ばり、とても笑みを浮かべるどころではないと思ったが、それまでさんざん微笑んだせいだろうか、自然とにっこりすることができた。

「――七、八、九、十――はい、終わりました。お疲れさま」

ダイアナは思わずはーっと深く息を吐いた。

「ご協力ありがとうございました。出来上がったものは、お送りいたします」

山高帽の男が深々と一礼した。

「では、ここに頼む」

クレメンスが差し出した名刺を、男は恭しく受け取った。

「楽しみだね」

クレメンスがいかにも嬉しそうに言うので、反射的にうなずいていた。

その後、いったん屋敷に戻って軽食を取り午後のドレスに着替え、馬車で大英博物館に向かった。

広い地下から四階まで、古代ギリシャローマ、古代エジプト、東南アジア、アフリカ、日本――膨大な美術品、骨董品《こっとうひん》、資料などで埋め尽くされ、一日ではとても回りきれないほどだ。

ギリシア彫刻にうっとりし、エジプトのミイラに悲鳴を上げ、中国の陶磁器の美しさにため息をつき、日本の浮世絵の緻密さに目を丸くし――夕方までたっぷり見学し、帰りの馬車の中で、ダイアナは疲れ切ってクレメンスにもたれかかってうとうとしてしまった。

なにもかも初めての経験で、身も心もくたくただった。

だが、それはなんと心地好い疲労感だろう。

こんな満たされてゆったりした気持ちは、ずいぶんと忘れていた。

「疲れさせてしまったかな。屋敷に着いたら起こしてあげるから、ここに横になるといい」

クレメンスが自分の膝の上を示した。

「そんな失礼な……悪いです」

ダイアナが首を振ると、クレメンスが笑った。

「夫婦じゃないか。いいから遠慮しないで――」

そっと肩を引かれ、おそるおそるクレメンスの膝に頭を乗せる。

トラウザーズ越しに、引き締まった男の腿《もも》を感じる。じんわり温かい。

恥ずかしいと思っているうち、ごとごと規則的に揺れる馬車の振動のせいか、瞼《まぶた》が自然と重くなってきた。

（この人なら――信じても、いいのかもしれない……）

クレメンスがそっと髪を撫で付けてくる。

「ダイアナ――」

彼がその後に続けてなにかささやいたが、馬車の音に紛れて聞き取れなかった。

すうっと睡魔が襲ってきた。


目を覚ますと、屋敷の寝室のベッドに横たわっていた。

いつの間にか部屋着に着替えさせられている。

「あ……」

屋敷に着いても目が覚めず、クレメンスか使用人が運んでくれたらしい。着替えはメイドたちがしてくれたのか。

すっかり日が落ちて、部屋の中は明かりを落としたオイルランプがぼんやり部屋の中を照らしていた。

「いやだ、私ったら眠りこけてしまって」

ダイアナは慌てて起き上がり、側の椅子に掛けてあったガウンを羽織ると、寝室を出た。

晩餐《ばんさん》の時間にはまだ間がありそうだが、その前にクレメンスに会って今日一日のお礼を言いたかった。

今なら素直に、彼にありがとうと言えそうな気がした。

彼の私室を覗《のぞ》いたが見当たらない。

階下の書斎だろうか。

階段を下りようとして、一階の廊下の奥の居間から聞き覚えのある太いだみ声が響いてくるのに気がつき、ぎくりと足を止めた。

「この成り上がり者め——！」

威圧的な声だ。

（お父様……！）

父のヒューズ侯爵が訪れているのだ。

反射的に、恐怖で全身が震えてきた。

母が死んでから、ヒューズ侯爵は、幼いダイアナを毎日怒鳴ったりぶったりした。些細《ささい》なことで腹を立てられ、叱責された。

「お前は私を裏切った妻にそっくりだ」

母への恨みをぶつけるように、ヒューズ侯爵はダイアナを責め立てたのだ。

あげくに、戒律の厳しい修道院へダイアナを閉じ込めた。それでもダイアナは、父から離れられてほっとしたくらいだ。いつか大きくなったら、ここから逃げ出せるかもしれないとかすかな希望も持った。

だがヒューズ侯爵は、たびたび修道院を訪れて、ダイアナの監視を怠らなかった。

ダイアナは絶望感に苛《さいな》まれ、すべてを悲観して少女時代を過ごした。

クレメンスの唐突なプロポーズに思いきって応じたのも、父の支配下から逃れたい一心だったのだ。

その父が、クレメンスの屋敷を訪れている。

結婚したとはいえ、二度と顔を合わさないわけにはいかないとは覚悟していたが、いざ父が現実に現れると、心が幼女時代に戻ったかのように恐れで震え上がる。

踵《きびす》を返して部屋に逃げ込もうとしたが、父とクレメンスが何を言い争っているのか、ひどく気になった。

足音を忍ばせて階段を下り、階下に使用人たちがいないことを確認し、奥の居間に向かった。

居間の扉は使用中を示すために、半分開いていた。

礼儀に反する行為だとは思ったが、扉の陰に身を隠すようにして、居間の中をそっと覗いた。

居間の革張りのソファに、背中を向けて父のヒューズ侯爵が座っていて、対面にクレメンスがいる。二人はテーブルの上の書類を挟んで座っていた。

「君みたいな人種には吐き気がする。いかがわしい新大陸でひと山当てた者に、ろくな輩《やから》はいない」

父の口調は忌々しげだ。

「なんとでも——現代は経済社会ですからね。金のある者が勝者なのですよ」

クレメンスはぞっとするほど冷淡に言う。そんな声を、ダイアナは聞いたことがなかった。

「君はダイアナばかりか、爵位まで買おうというのか」

父は口惜しげに言う。

自分の名前が出たので、ダイアナはどきりとした。

こちらから伺えるクレメンスは、凍り付いたように無表情だ。

「おいやなら、無理にとはいいません。でも、お困りになるのはあなたの方ではありませんか?」

「っ——」

父の背中がわなわな震えている。

「――屈辱だが、致し方ない――サインする」

父はのろのろとテーブルの上の羽ペンを手に取り、なにやら書類にサインを始めた。クレメンスは腕組みをして、じっと父の手元を見つめている。

すべてにサインをし終わったのか、父が投げ出すように羽ペンを置いた。

「そら、受け取るがいい」

クレメンスは書類に手を伸ばし、ゆっくりと確認する。

「よろしい」

彼の口元が酷薄そうに持ち上がった。

「これで私は侯爵の位を得た」

クレメンスが端整なだけにその引《ひ》き攣《つ》った笑みには迫力があり、ダイアナはぞっと背中が震え上がった。

（クレメンスが、お父様から爵位を買った……⁉）

「なんとしても、これが欲しかったんですよ」

クレメンスは胸を反らし、見下すように父を見た。

「成金め！」

父が吐き出すように言う。

「ふふ……」

クレメンスは冷酷な笑い声で答えた。

ダイアナはもはやその場にいることが耐えきれず、震える足を踏みしめ、廊下をよろよろと戻っていった。階段の手すりにしがみつくようにして上り、自分の部屋に辿《たど》り着《つ》くと、頽《くずお》れるようにソファに座り込んだ。

頭が割れるようにがんがん痛んだ。

父がクレメンスに爵位を売却した事実もショックだったが、何より、クレメンスの別人のような冷酷な態度に衝撃を受けていた。

彼はヒューズ家の爵位を手に入れたかったのだ。

ダイアナとの結婚は金でやり取りされていたのだ。

「ひどい……あんまりだわ……!」

屈辱感にダイアナは打ちのめされていた。

ついさっきまで、クレメンスと過ごした幸せな時間は、すべて偽りだったのか。あんなに楽しく笑い合って過ごしたのに――。

ダイアナは、自分がぽろぽろと涙をこぼしているのに気がついた。

(クレメンスはいい人だって――あの人なら、人生をやりなおせるかもって、ほんの少しでも思った私が馬鹿だったのだ)

口惜しくて涙が止まらない。

（私ったら、最初から取引結婚だってわかっていたはずなのに、こんなに悲しいのはなぜ？）

ハイド・パークであのとき、「これからうんと楽しい想い出を、二人で作っていこう」と言ったクレメンスの目は、真摯だったように思えた。

その言葉は、ダイアナの固い殻を被った心にまっすぐ突き刺さった。

あの瞬間、ダイアナはクレメンスに強い好意を感じたのだ。

クレメンスの一挙手一投足に不思議なときめきを感じ、胸が甘く疼いたのは、好意を持ってしまったからだ。

（――私、クレメンスを好きになり始めていたんだわ。でも、それもすべて打ち砕かれた……）

今まで感じたことのない絶望感に包まれた。

（こんな気持ちを抱えて、クレメンスと暮らすことなどできない）

ダイアナは涙を拭うと、唇を噛み締めて起き上がった。

（出て行こう――初めに考えていた通り、逃げ出して、自由になるの）

ダイアナは素早く着替えを済ませ、小さなバッグに最低限の荷物を詰め込んだ。金目のものは何も無かったが、唯一、母の形見のダイヤのネックレスだけは大事に隠し持っていた。いざとなったら、これを売って当座の生活の金にするしかない。

扉越しに聞き耳を立てていると、玄関の外から父の乗った馬車が去っていく音がした。しばらくすると、複数の人の気配が近づいてくる。ダイアナの部屋の前で、会話が聞こえてきた。

「ダイアナは、まだ寝ているのか？」

クレメンスの声だ。いつもの穏やかな口調だ。

「はい、よほどお疲れだったのでしょう。晩餐のお時間に、お起こししましょうか？」

執事長ヘンリーが答えている。

「いや――このまま寝かせておこう。私は書斎で軽食を取る。あとで運んでくれ」

「かしこまりました」

二人の足音が遠ざかった。

ダイアナは詰めていた息を吐き出した。

しばらくクレメンスは書斎に引き籠もるらしい。使用人たちはダイアナが寝ていると思って、憚《はばか》って部屋には近寄らない。

逃げ出すのなら、今だ。

ダイアナはバッグを提げると、扉を静かに開けて廊下を窺《うかが》い、ひと気が無いことを確認してからそっと歩き出した。玄関ロビーに出る中央階段ではなく、廊下の脇にある使用人用の狭い階段を使った。その階段からは、裏口に出ることができる。就寝時間になるとヘンリーが鍵をかけることを知っていたが、まだ夜半前で、門は開いているはずだ。

誰かメイドにでも出くわしたら、まだ慣れない屋敷の中で迷ったと言い訳すればいい。幸い夕飯時で、使用人たちは専用の食堂に集まってるようで、誰にも見とがめられずに裏口に出た。

満月に近い月が出ていて足元を照らしてくれ、暗い裏庭を手探りで進まずに済んだ。

サンザシの茂みを掻《か》き分《わ》けると、ぼんやりと鉄柵の裏門が見えた。

ほっとしたのもつかの間、門の側に、石壁にもたれて誰か足を組んで立っていた。

「ぁ……っ」

思わず声を上げて立ちすくんだ。

「奥様、こんな夜中にお散歩かね？」

クレメンスがそこにいた。ぞっとするほど抑揚の無い声だ。

ダイアナは恐怖に心臓が縮み上がりそうだった。

「わ、私……は……」

「僕から逃げ出そうとしたんだね」

クレメンスが一歩近づいてくる。

ダイアナは後ずさりしようとしたが、足が竦んで動けなかった。

目の前に立ったクレメンスの顔に月明かりが注ぎ、無表情な分、彫像のように無機質な美しさだ。

「ヒューズ侯爵と話をしているとき、扉の陰からちらりと君の姿が見えたんだ」

あのとき居間で、父は背中を向けていたがクレメンスはこちら向きだった。だが、クレメンスはダイアナに気がついた素振りはまったく見せなかった。

「いけない奥様だ。僕たちの話を立ち聞きしたのかい？」

「いえ……いいえ」

ダイアナは必死で首を振った。

「僕は君の父上からすべてを奪った。全部僕のものになった。とりわけ、君だ――」

彼の表情が誇らしげになった。

クレメンスは身を屈《かが》め、ダイアナの耳元でささやく。

「逃がしはしない。君を一生離さないよ」

彼の密《ひそ》やかな息使いを耳朶に感じると、恐怖というより淫らな気持ちでうなじの辺りがかっと熱くなった。そんな反応する自分に戸惑い、ダイアナは顔を背けて身を離そうとした。

ふいにむんずと手首を掴まれ、抱きすくめられそうになった。

「あっ……やっ」

驚いて身を捩《よじ》ると、腕に力を込められ、広い胸に顔が強く押し付けられた。男の汗とオーデコロンの混じった艶《なま》めかしい匂いに、頭がくらくらした。

「君を独り占めにするんだ、ずっと――」

「や……わ、たしは、誰のものでも、ない……わ」

息苦しさに声を途切れさせながら、ダイアナは必死で身を捩《よじ》ろうとした。

「いや、僕のものだ」

クレメンスはダイアナを抱きしめながら、細い首筋に唇を押し当てた。

「あっ、ぁ」

柔らかな唇の感触に、怖気《おぞけ》にも似た痺れが背中に走り、ダイアナは小さく悲鳴を上げた。

クレメンスはそのまま襟ぐりの深い胸元に顔を埋め、硬く高い鼻梁《びりょう》ですべすべした肌を撫《な》で擦《さす》る。

「ん、あぁ」

その刺激だけで、ドレスの内側で乳首がちくんと尖るのを感じ、むず痒《がゆ》いせつなさが下肢に生まれてくる。

「離して……もう、触れないで……っ」

いやいやと首を振ったが、そのまま茂みの中の大きい木立に背中を押し付けられた。クレメンスの片脚がぐっとダイアナのドレスのスカートを押さえ込んだ。

彼はそのまま、性急にダイアナの上衣の前釦《ぼたん》を引きちぎるように外した。ふくよかな乳房が解放され、夜の空気に触れた肌にさっと鳥肌が立つ。

「やめて……こんなところで……っ」

思いもかけないクレメンスの乱暴な行為に、ダイアナはすくみ上がった。

「夜目にも白い肌だ。乳嘴が赤い薔薇の蕾《つぼみ》みたいにつんと尖《とが》っているよ」

クレメンスが掠《かす》れた声を出し、両手で掬《すく》い上《あ》げるように乳房を掴むと、乳肌にちゅっちゅっと音を立てて口づけした。それから彼は片手で凝った乳首を摘みながら、もう片方を濡《ぬ》れた口《こう》腔《こう》に含んだ。

「やあっ、あ、だめ……っ」

熱い舌が乳首に絡み付き、口唇で扱《しご》くように吸われると、じーんと甘い痺れが下腹部の奥を襲う。その疼きが淫らな痺れとなって、全身に広がっていく。

クレメンスは交互に乳首を含み、舐《ねぶ》り吸い上げた。

「ん、んぅ、しないで……そんなに……あ、あぁ」

恥ずかしい快感が駆け巡り、ダイアナは嫌なのに甘い鼻声を漏らしてしまうの抑えることができない。抵抗する力がみるみる抜けてしまう。

鋭敏な乳嘴を舌先で転がしていたクレメンスが、おもむろにそこに軽く歯を当てた。

「つぅ……っ、あ、んんっ、あぁっ」

びりっとした痛みの後に、かあっと熱い刺激が生まれ、下肢が蕩け、太腿《ふともも》の間がぬるついてくるのがわかった。子宮の奥がきゅうっと締まり、せつなくてたまらない。

「やめて……お願い……あぁ、お願い……でないと……」

ダイアナは、か細い両手でクレメンスの頭を押しのけようとした。

「でないと……？」

クレメンスが乳首に舌を這《は》わせながら、色っぽい目つきで見上げてくる。そのいやらしい表情に脈動が速まり、ダイアナは頬《ほお》を染めて目を逸らした。するとクレメンスは、やにわに膝を折り、ダイアナのスカートを大きく捲《めく》り上《あ》げ、下履きを引き下ろしてしまった。

「きゃあっ」

剥《む》き出《だ》しになった膝頭に、クレメンスが口づけをしてくる。慌てて足を閉じようとしたが、逆に両手をかけて大きく開かされてしまった。

秘所にすうっと夜気がまとわりついてくる。

膣襞《ちつひだ》の中がきゅんと疼くのがわかり、ダイアナは動揺する。

クレメンスはダイアナの両足を抱えて、至る所に口づけしながらときおり顔を上げ、ダイアナの様子を窺う。

「ほら、恥ずかしいところが丸見えになった。なんだか月明かりに濡れて光っているみたいだね」

からかうように言われ、恥ずかしさに全身の血がかあっと熱く沸き立った。

「やめて……離して、恥ずかしい……」

「ほんとうに嫌なら、僕を突き飛ばしてでも逃げればいい」

クレメンスはそう言うや否や、膝から内腿《うちもも》にかけて舌でなぞり上げた。

「ん、あぁ、あ……」

ぞくぞくする甘い痺れに、身体に力が入らない。逃げたいのに、立っているのがやっとで、疼く秘裂は密かにクレメンスの舌を待ち焦がれるように濡れそぼる。

「やっぱり濡れている。花芽が膨らんでつんとして、花びらが綻んで甘い匂いを撒《ま》き散《ち》らしているよ」

クレメンスの息づかいが太腿の狭間《はざま》まで迫り、ダイアナは痛いほど下腹部が疼き、固い木の幹に背中を押し付け、息を弾ませた。

「いやらしいね。僕を誘う、淫らで甘ずっぱい蜜の香りだ」

クレメンスはくぐもった声を出し、指で綻んだ花弁を押し開いた。

「あぁっ、あっ」

クレメンスの濡れた熱い舌が、花弁をねろりと舐《な》め上げた。あまりにいやらしく卑猥《ひわい》な刺激に、ダイアナは白い喉《の》を仰け反《ぞ》らして嬌声《きようせい》を上げてしまう。

ぴちゃぴちゃと淫猥《いんわい》な音を立てて、クレメンスが蜜口を舐《な》め回《まわ》し溢《あふ》れる愛蜜を啜《すす》り上《あ》げる。

「やぁ、だめえ、そんなとこ、汚い……あぁ、だめ、なのに……ぃ」

ダイアナは脱力した両手で、股間を舐り回すクレメンスの頭を押し返そうとした。だが、細い指はクレメンスのさらさらしたブロンドをくしゃくしゃに乱すだけで、彼はさらに熱く口唇愛撫《あいぶ》を仕掛けてくる。蜜口の浅瀬を掻《か》き回していた舌が、ふいに和毛《にこげ》のすぐ下に佇む秘玉を突《つ》

ついた。

「あ？　あぁぁっ」

クレメンスは口腔に秘玉を丸ごと吸い込み、柔らかく舌先で花芯を舐め回した。指で弄《いじ》られたときより何倍も刺激が強く、鋭い快感に腰が萎えてしまいそうになった。

「だめ、あぁ、だめ、そこ、そんなにしないで……あぁあ」

ダイアナは内腿をがくがく震わせて喘《あえ》いだ。

ぬるぬると執拗《しつよう》に陰核を嬲《なぶ》られ、隘路《あいろ》がひくついて後から蜜を垂れ流してしまう。

「んんっ、あ、だめ、もう、しないで……っ」

ダイアナは目をぎゅっと瞑り、クレメンスの髪の毛を強く掴《つか》んで頽《くずお》れそうな愉悦に必死で耐えた。包皮から剥き出しになった花芽をちゅうっと強く吸い上げられるたび、頭が真っ白になりそうな快感に、腰がびくんびくんと跳ねた。

「あ、ぁあ、も、だめ……あぁ、だめ、なのぉっ」

ひりついた膣襞が、昨夜クレメンスがしたように、指を突き入れて擦ってほしいとばかりに蠢《うごめ》く。感じやすい部分を突き上げて、この生煮えのような快感の坩堝《るつぼ》から解放してほしかった。

目尻に涙を溜めて、いやいやと首を振り立てて訴える。

「お……願い……もう、終わらせて……もう、だめ……」

だがクレメンスは彼女の懇願を無視し、ぴちゃぴちゃと卑猥な音を立てて舌を蠢かせた。

苦痛にも近い快感の連続に、ダイアナは甘く啜《すす》り泣《な》いた。

そのとき、屋敷の方から庭の石造りの小径《こみち》を、誰かが歩いてくる靴音がした。

ダイアナはびくりとして唇を引き締めた。

一瞬、クレメンスの動きも止まった。

ランプを手にしたヘンリーが、木立の脇を通り過ぎる。裏門に鍵をかけにきたのだ。

「やれ、いい月夜だ」

ヘンリーは二人に気がつかず、門扉の前で独り言をつぶやく。

と、クレメンスが再び口唇愛撫を開始した。

「んー……っ」

ダイアナは両手を口元に当て、必死で声を押し殺す。

クレメンスはそんなダイアナを追いつめるように、花芽を吸い上げながら、二本の指を隘路に押し入れ、臍《へそ》のすぐ裏側辺りの感じやすい部分を押し上げてきた。

「ひ……う、う……っ」

ダイアナは瞬時にエクスタシーに駆け上ってしまった。

全身をびくびくと痙攣《けいれん》させ、声を上げまいと手の甲に歯を当てて耐えた。

裏門でがちゃりと鍵をかける音がした。

再びヘンリーが側を通過していく。

「ふ……は……」

クレメンスは達した彼女を解放せず、再び秘玉を吸い込み口腔内で転がし、突き入れた指を小刻みに揺さぶった。

行き過ぎた快感にしばらく感覚が無くなって、ダイアナは身体を強ばらせたままヘンリーが去るまで耐えた。足音が次第に遠ざかっていく。その間も、クレメンスは責め立てるようにぬるぬると花弁を舐め回した。

ヘンリーの気配がなくなると、クレメンスはやっと顔を離した。彼は濡れた口元を拭いながら、意地悪く微笑んだ。

「もしかしたら、ヘンリーに聞こえたかもしれないね」

「……う、ぅう……ひどい……」

緊張から解放されたダイアナは、へなへなとその場に頽《くず》れた。ほっとしたのと口惜しさと絶頂の余韻で、頭の中がぐちゃぐちゃになり、涙がひとりでにこぼれた。

「おばかさんだね、僕から逃げようなんて考えた罰だよ。これからだって、僕を怒らせたりしたら、もっともっといやらしく苛《いじ》めて、気持ちよくて死にそうなほどの罰を与えるよ」

クレメンスはダイアナのドレスを整えてやりながら、優しい口調で苛んだ。

ダイアナはぼんやりと、潤んだ瞳でクレメンスを見つめた。

これは罰なのだろうか?

ダイアナの知っている罰というのは、例えば父から受けた罵倒や暴力、修道院での鞭打《むち》ちや食事抜きなど、恐怖と苦痛を与えるものだ。

だが、クレメンスの罰は、なんと心地好《よ》く甘美なのだろう。

こんな罰なら、何度もでも受けたいと願う猥《みだ》りがましい自分がいる。

（怖い……私、クレメンスから逃げることなどできなくなりそう）

さっきまで、絶望感に満たされて逃げ出そうとしていたのに、クレメンスに淫らな愛撫を心地好く思ってしまうなんて——気持ちがぐらぐらと混乱した。

「立てるかい？」

クレメンスが両腕を支えてくれるが、足がやわになってしまい、ふらふらした。

すると、クレメンスは軽々とダイアナを横抱きに抱え上げた。

「あっ」

ふわりと宙に浮いて、思わずクレメンスの腕にしがみついた。

「羽みたいに軽いね。このまま寝室まで抱いていってあげよう」

クレメンスは、地面に転がっていたダイアナのバッグを片手で拾い上げた。

「これも軽いね——これっぽっちの荷物を持って、どこへ逃げようとしたの？」

彼が笑いを含んだ声で言う。

ダイアナは鼻で笑われた気がして、恥ずかしさに頬を染めた。

クレメンスが歩き出す。

「生活費はどうするつもりだったの？　修道院にいた君には、一銭もお金がないだろう？」

ダイアナはますます顔を赤らめる。

「母の形見の――ダイヤの首飾りを持っていたから……」

「そうか――でも、それはとても大事なものだろう。決して売り払ったりしてはいけないよ」

クレメンスの声が生真面目になる。

「はい……」

その通りだと思い、しゅんとしてうなずく。

「もしお金が入り用なら、いつでも僕に言いたまえ。必要なだけ出すからね」

「はい……」

クレメンスがふいにくすりと笑った。

「考えたら、妻の家出資金を用立てるというのも、おかしな話だな」

ダイアナもつられて苦笑いしてしまう。

「ふふ……」

「笑ったね、その方がずっといい」

クレメンスがこつんと額をダイアナのおでこにぶつけてきた。

その感触に、ダイアナの腰の奥が淫らにずきんと疼いた。

「確かに僕のやり口は強引だったかもしれない。でも、君を大事に思う気持ちは本当なんだ。それを君にわかってもらうまでは、僕は君が何度逃げ出そうと、捕まえる」

目の前のクレメンスの青い瞳は、月の光を受けてサファイアのようにきらきらしていた。心を丸ごと持っていかれそうな目力に、ダイアナは視線を逸らすことができない。

（昼間の優しい少年ぽいクレメンスと、さっき父と対峙《たいじ》していたときの冷ややかで酷薄そうな彼と、どちらがほんとうの彼なのだろう）

ダイアナには判断できなかった。

（まだこの人の妻になって数日だもの――わかるはずもないわ。いつかきっと見抜けることができるかもしれない。そのときに、ここを出て行ってもいいかもしれない……）

そんなふうに考えたダイアナは、もはや自分が積極的にクレメンスから逃れようと思っていないことに気がつき、慌てて気を引き締めた。

（いけない――これこそが、彼の術中にはまっているのかもしれない）

だが、クレメンスのことをもっと知りたいと思う自分がいることは、否定できなかった。

クレメンスに抱かれたまま屋敷に入っていくと、燭台《しょくだい》を掲げたガウン姿のヘンリーと廊下で出くわした。

「おやご主人様、若奥様、まだお休みになっていないのですか？」

ヘンリーの顔を見たとたん、ダイアナは先ほどの恥ずかしい行為をありありと思い出し、真っ赤になって顔を背けた。

「うん。彼女が眠れないというから、二人で夜の庭を散歩していた」

クレメンスがしれっと言う。

ヘンリーはにこやかに返した。

「そうでございましたか。よい月でございましたからね。では、お休みなさい」

ヘンリーが一礼して去っていくと、ダイアナは冷や汗が噴き出し、はーっと息を吐いた。

「どうやらヘンリーには、ばれなかったようだね」

クレメンスが耳元でからかい気味にささやく。

「もう、人が悪いわ、あなたって……」

ダイアナは恥ずかしさをごまかすために、つんと顎を持ち上げた。

「それは褒め言葉と受け取っておこう」

ダイアナは苦笑するしかなかった。

どう言おうと、クレメンスはダイアナ言葉を軽く受け流してしまう。

(私はクレメンスのことをほとんど知らないのに、この人は私のことをなにもかも分かっているように見えるのは、気のせい……?)

寝室に着くまで、ダイアナはクレメンスにずっと抱かれていても、まったく恐怖や嫌悪を感じなかったことに気がつかなかった。

第三章　激情の初夜

翌朝も、スモッグの立ちこめる霧のロンドンには珍しい快晴だった。

「今日は、ハロッズデパートにでも出かけてショッピングをしようか、それとも、パノラマ館に行って古代ローマの風景を楽しもうか？　ああ、その前に仕立て屋を呼ぶから、新しいドレスを作らせよう。披露宴用にも、特別豪勢なドレスが欲しいね」

ベッドの上にセットしたテーブルに並べられた朝食を摂《と》りながら、クレメンスが機嫌よく話しかけてきた。

「披露宴……？」

ダイアナはきょとんと首を傾《かし》げた。

「うん、結婚式は二人きりで慎《つつ》ましく済ませてしまったから、披露宴はうんと派手にやりたいんだ。世界中に、君が僕の妻になったって、喧伝《けんでん》したいくらいだ。ロンドン中の貴族を招待するぞ」

内気なダイアナは、自分が注目の的に置かれることなど想像もつかず、竦《すく》み上《あ》がってしまった。

「そんな……私なんか、社交界のこともなにも分からないし……恥をかくだけよ」

うつむく彼女の頬に、クレメンスがそっと唇を押し付ける。

「すべて僕が教えてあげるよ。ひと月もあれば、君なら素晴らしい貴婦人に生まれ変わること請け合いだ」

「私なんか……」

言《い》い淀《よど》むダイアナに、クレメンスが少し強い口調で言う。

「ダイアナ、君がずっと狭い世界に閉じ込められて、怯えたひな鳥のように生きてきたことは知っている。でも君は、もう一歩も二歩も踏み出している」

そうなのだろうか。

「世界を知るんだ、ダイアナ。僕が一緒だ。君の人生をどこまでも広げてあげたいんだ」

信じていいのだろうか?

ダイアナはそっと顔を上げ、クレメンスの顔を見つめた。彼の青い瞳を見ると、まるで魔法にでもかけられたように、彼の言うことを信じたくなる。

「でも、やっぱり私なんか……」

ふいにクレメンスが強く唇を覆ってきた。

「ん……っ」

ちゅっと音を立てて顔を離したクレメンスが、子どもに叱るように言う。

「これから『私なんか』と言うたびに、罰としてキスをするからね」

再びクレメンスが、ちゅっちゅっと二回立て続けに口づけをする。

「これが、今まで口走った分だ」

ダイアナはあっけにとられ、それからどぎまぎした。

「やだ、おかしいわ。キスが罰だなんて」

「いやそうする。人前だろうとどこでも、必ず罰を下すからね」

クレメンスが決然と言うので、ダイアナは仕方なくうなずいた。

クレメンスが表情を緩め、ナプキンを丸めると腕を頭の上で絡めて大きく伸びをした。ネコ科の獣のようにしなやかなポーズで、ダイアナは思わず見惚《みと》れてしまった。

そのとき、クレメンスのガウンがしどけなく乱れ、彼の右の脇の下に、引き攣《つ》れた大きな傷痕があるのが目に飛び込んだ。これまで恥ずかしくて、クレメンスの裸体をまともに見ることはしなかったので、初めて気がついた。

「この傷はどうし――」

ダイアナは尋ねようとして、慌てて言葉を飲み込んだ。なぜか聞いてはいけない気がしたのだ。だが、クレメンスは耳聡《みみざと》く、素早く腕を下ろし、何気なさそうに答えた。

「ああ、昔の怪我《けが》の痕《あと》だよ。鉱山のトンネルで作業中、落盤事故に巻き込まれてしまってね。

もうなんともないよ。それより、食べ終わったら採寸しやすいドレスに着替えて、化粧室で待っておいで」

「はい……」

ダイアナはそれ以上傷痕について尋ねることはしなかった。

(鉱山の作業、落盤――クレメンスは新大陸に渡っていたというし、彼はもしかしたらいろいろ苦労しているのかもしれない)

ダイアナはそのとき、生まれて初めて他人の人生を思《おも》い遣《や》った。

それまで、自分の辛酸な人生にばかり捕らわれていたからだ。

(変だわ私――クレメンスがどう生きてきたかなんて、関係無いはずなのに……)

ダイアナはクレメンスのことを考えると、胸が密かにざわめくのを抑えることができず、好意と疑惑の狭間で混乱した。

午前中は、クレメンスが贔屓《ひいき》にしている仕立て屋と宝飾店の店長が呼ばれ、ダイアナのオーダーメイドのドレスやアクセサリーを選ぶことになった。クレメンスも同席した。

化粧室の衝立《ついた》ての陰で、シュミーズ姿で仕立て屋に採寸されるのは恥ずかしくてならなかった。仕立て屋は義務的にてきぱきと採寸を進めたが、計るたびに感嘆の声をあげる。

「若奥様のスタイルは素晴らしいですね。まさに黄金比率ですよ」

褒められることに慣れていないダイアナは、よけいにいたたまれないのだが、衝立ての向こ

うのクレメンスは、

「うんうん、そうだろう？」

と、いたくご機嫌な声を返すので、なんだか少し気持ちが落ち着く。

採寸が終わると、ダイアナも交えて山積みされた布の見本帳とデザイン帳を広げ、ドレスやアクセサリーを選ぶ。

ダイアナにはなにが自分に似合うかさっぱりわからず、クレメンスが薦《すす》めてくるものにただうなずいていた。するとふいにクレメンスが、

「ダイアナ、せめて君の好きな色を言ってごらん」

と、強い口調で言う。

ダイアナはどぎまぎし、口ごもる。

「でも、私なんか……」

あっと気がついたときには、クレメンスが素早く口づけをしてきた。気まずく周囲を窺ったが、みなにこやかにこちらを見ている。

「さあ、言ってごらん」

再度促され、ダイアナは思い切って答えた。

「わ、私……青色が好き……青空のような」

修道院では、毎日窓から空を見上げ、自由に憧れていたのだ。

クレメンスがにっこりする。

「いいね！　明るいコバルトブルーのドレスを披露宴に使おう。アクセサリーは、サファイア中心にして」

「それはよいセンスでございます」

「斬新で、若奥様にぴったりのお色ですね」

仕立て屋も宝飾店の店長も、口を揃《そろ》えて賞賛した。

「そうだろう？　僕の妻は、なかなか審美眼に富んでいるんだ」

まるでダイアナの手柄のように言うクレメンスに、彼が人前を気遣って、自分を立ててくれているのだと気がついた。

何十着ものドレス、下着、ペチコート、アクセサリー、服に見合う靴や帽子、と、膨大な注文をし終えたときには、ダイアナは気疲れでぐったりしてしまった。

仕立て屋たちが引き下がり、メイドが運んできたお茶を飲みながら、クレメンスが声をかけた。

「知らない人と密に接して、疲れたろう」

「ええ……少し」

「うん、でも、君はこれからもっと沢山の他人と触れ合うことになるんだ。こうやって、少しずつ、他人恐怖症を直していかないとね」

「た、他人恐怖症、なんて……」

「なに、長いこと閉じこもっていたからさ。すぐになんでもなくなる。で、来週からは僕が会社に行っている間、君に家庭教師をつけることにしたよ」

「……家庭教師？」

「マナーに語学にダンスに音楽、それに一般教養。大丈夫、女性の家庭教師を選んだからね」

ダイアナは、今の自分は幼子のごとくまっさらで、生きるのに必要な知識も教養も何も知らないことに気がついた。

「勉強すれば、君の世界はうんと広がってもっと豊かになる。ダイアナ、生きることがどんなに素晴らしいか、君に教えたいんだ」

クレメンスは熱っぽい目でダイアナを見つめる。

彼の言葉はまっすぐダイアナの心に届いた。

ダイアナは心臓の鼓動が速まって、息がせわしくなってくるのを止められない。

この気まずいような嬉《うれ》しいような擽《くすぐ》ったい気持ちは、何だろう。

ただの好意とは違う気がした。

今まで誰にも感じたことのない未知の感情だ。

（だめよ、彼は爵位目当てで私を父から買った男——世慣れてる人だもの、無知な私を言いくるめるなんて、お手のものなのよ）

浮き立つ気持ちを、ダイアナは無理矢理抑えこんだ。

「それじゃあ、昼餐《ちゅうさん》を済ましたら、パノラマ館へ行こう。三百六十度古代ローマの遺跡が描かれてて、シーザーやクレオパトラの気分になること請け合いだって言うよ」

クレメンスが好奇心いっぱいに瞳を輝かせ、立ち上がった。

こういうときの、少年のようなクレメンスはとても魅力的で、ダイアナは心ならずも惹《ひ》きつけられてしまうのだった。

クレメンスが休暇を取った一週間の間――。

パノラマ館、ハロッズデパートでの買い物、ケンジントンガーデンの散歩、バッキンガム宮殿、ロンドン塔博物館、水晶宮（クリスタルパレス）、マダム・タッソーのろう人形館、オペラ鑑賞、鉄道の駅（ターミナル）、建設中の地下鉄、テムズ川でのボート遊び等々……クレメンスは、ロンドン中のありとあらゆる施設や娯楽地に、ダイアナを連れて行った。

見るもの聞くもの食べるもの、なにもかもが初めての経験で、ダイアナは感動と興奮に目が回りそうだった。

市内だけでこんなにも多彩で刺激的なのだ、世界はもっともっと驚愕《きょうがく》するようなもので満ちているのだろう。

（知りたい……見てみたい。世界をもっと……）

まっ白だったダイアナの心の中が、どんどん極彩色に染まっていく。それにつれ、ダイアナの外界への恐怖は薄らぎ、若い乙女らしい好奇心と探究心に満たされるようになった。

クレメンスは休暇が終わり、自分が毎日出社するようになると、言っていた通り、昼間に女性の家庭教師がやってきた。

初老の上品な家庭教師は、人当たりのよい丁重な人物で、人見知りの激しいダイアでも、安心して教わることができた。月曜日から土曜日まで、毎日お茶の時間まで、ダイアナは熱心に学んだ。

学ぶべきこと知るべきことは無限大にあり、ダイアナは乾いた地面が雨水を吸い込むように、貪欲に知識を吸収していった。

夜はクレメンスと同じベッドに休み、彼は優しい愛撫でダイアナの身体に悦《よろこ》びを教え込んだ。

身体中の敏感な部分を撫《な》でられ、蜜口を掻《か》き回《まわ》されると、自然と股間が濡れてくる。ぬるぬるする指で膨れた花芽を何度も擦られ、膣襞の中に指を押し込まれて、感じやすい臍の裏側辺りを突き上げられ、何度も極めることを覚えた。

男性に淫らに触れられて心地好く思ってしまうことに、まだ罪悪感はあった。だが、クレメンスに根気強く、夫婦が慈しみ合い悦びを感じることは決して罪ではないのだと教えられ、次第に頑《かたく》なな気持ちも解けてくる。

だが、クレメンスはいつもダイアナを気持ち好くするだけで、それ以上の行為をしかけてこなかった。男女の性に疎いダイアナでも、夫婦の交合がこれだけでは済まないはずだとは、薄々感じていた。なぜなら、ダイアナを丁重に愛撫するクレメンスの股間が、ひどく昂《たかぶ》り漲《みなぎ》っているのを感じていたからだ。

クレメンスは時々、硬化している自分の股間に下履き越しに、ダイアナの手をそっと導いて押し当てた。

「わかるかい？　ダイアナ。僕のこれを、君の中にいつか受け入れてもらうんだ」

下履き越しでも、彼の性器が硬く脈打ち熱く滾《たぎ》っているのがわかった。

それは淫らで巨大な造形で、ダイアナは震え上がった。

「怖がらないで。僕は急がないから。君の身体が充分こなれるまで、待つから」

そう言うクレメンスは、何かに耐えているようなせつない表情で、こういう場合の男性の気持ちはわからないままに、彼が自分の欲望を制御し、ダイアナの気持ちを尊重してくれているのだとは感じた。

こうして、ダイアナがクレメンスの屋敷に来てから、ひと月が経《た》った。

屋敷では、いよいよ大々的な披露宴を催すべく、使用人たちがてんてこ舞いで立ち働いていた。

屋敷の中で一番広いロング・ギャラリーを舞踏会場にすべく、家具や調度品を撤去し、床から天井までぴかぴかに磨き上げた。カーテンもすべて新調する。

ロンドン中の貴族に招待状を送り、出席人数分の酒や食料の調達。ダンス用の楽団の手配。当日のメニュー、飲み物をサーヴする人選。

ヘンリーたちが忙殺されているのを横目に、ダイアナはのんびり勉強をしている自分が申し訳なく、なにか手伝うことはないかとクレメンスに控え目に申し出てみたが、

「主役は君だからね。うんと綺麗に優雅になって、皆をびっくりさせることだけを考えておいで」

と、軽くいなされてしまった。

今まで会ったこともない大勢の人の前に出て行くと思うと、新しい環境に少しは慣れてきたとはいえ、引っ込み思案のダイアナは、緊張感が日々高まってくるのを抑えようもなかった。

披露宴の準備が着々と進み、遂《つい》に当日を迎えた。

化粧室でメイドたちに手伝われ着替えをしていたダイアナは、玄関ホールが次第に賑《にぎ》やかになる音に耳をすませた。

「今日の披露宴には、百人以上の貴族が招かれるそうですよ」

「ロンドンでも、こんなに大規模な舞踏会が開けるのは、女王陛下くらいですよ。ご主人様はよほど、若奥様がご自慢なんですね」

メイドたちもいつもより上等な制服で、興奮して目を輝かせている。

着付けを終え化粧をしてもらいながら、ダイアナは化粧鏡の中の自分をじっと見た。すみれ

色の瞳が、不安げに揺れている。

「私……皆さんの注目に耐えられるかしら……」

思わず出た独り言だったが、髪の毛を結っていたメイドが、目を見開いて答えた。

「何をおっしゃいます！　若奥様ほど上品でお美しい方は、ロンドン中いえ、イギリス中探したって見つかりませんよ。旦那様が、若奥様を見せびらかしたいと思うお気持ちは、よくわかります。女の私でさえ、若奥様の天使のようなお姿には、どきどきしておりますもの」

「そんな、私……」

なんか——と、言いかけて口を噤《つぐ》んだ。この場には、罰の口づけをしてくるクレメンスはいなかったが、このごろは口癖だった言葉も、めったに出てこないようになっていた。

ダイアナはもう一度、化粧鏡を覗き込む。

特注のコバルトブルー色のドレスは、デコルテを深くしてふくよかな胸元を強調し、袖はふんわりとパフスリーブでほっそりした二の腕を引き立て、ウエストはあくまで細く、スカートは幾重にも襞を重ね、大きく広がっている。

艶やかなプラチナブロンドの髪を新妻らしくふんわりと結い上げ、サファイアのティアラで飾った。薄化粧だが、今日は口紅だけはいつもより強い赤色のものを差して、それがひどく色っぽい。

（それほど——悪くないわ）

初めて自分に少しだけ自信を持った。

「ダイアナ、そろそろ時間だよ。仕度はできたかい？」

クレメンスが化粧室の入り口で、開いている扉を軽くノックした。

「あ、はい」

ダイアナは椅子から立ち上がり、クレメンスの元に急いだ。漆黒の礼装姿のクレメンスは、完璧なほどスタイルが良くて美麗だ。

「お――」

ダイアナの姿をひと目見たクレメンスは、呆然《ぼうぜん》としたように言葉を失う。

なにも声をかけてもらえないダイアナは、怯《おび》えてそのまま踵《きびす》を返そうとした。

「やっぱり、私にはこんな格好似合わないんですね」

クレメンスが慌ててダイアナの腕を掴んだ。

「いや違う、すまない。あんまり綺麗なんで、見惚れてしまったんだ」

ダイアナはおそるおそる振り返る。

「ほんとうに？」

「もちろんだ。今日招待された紳士淑女の方々は、みんな君の美しさの虜《とりこ》になるぞ」

クレメンスはうきうきした口調で言い、肘を曲げて右腕を上げる。ダイアナはほっと胸を撫《な》で下《お》ろし、教わった通りのマナーで、そこに自分の左手をあずけた。

「では行こう」

服の上からでも引き締まった腕の筋肉を感じ、心強い気持ちになった。

二人が並んで一階の廊下の奥の舞踏会場に現れると、すでに集まっていた招待客たちが、いっせいにどよめいた。

一幅の絵のように美しい美男美女のカップルに、誰もが目を奪われた。

貴婦人たちは美貌のクレメンスにうっとり見惚れ、紳士たちは天使のように清らかで可憐《かれん》なダイアナの姿に視線が釘付《くぎづ》けになる。

全身に痛いほどの視線を感じ、ダイアナは緊張して足が震えてくる。

「ク、クレメンス……」

思わず小声で傍らのクレメンスに縋《すが》って声を絞ると、彼はぐっと右腕に力を込め、ダイアナを守るように引きつけた。それから胸を張り、朗々とした声で挨拶をした。

「本日はご多忙の中、私クレメンス・カーター並びに、新妻ダイアナのお披露目《ひろめ》会に出席いただき、誠に感謝いたします。どうぞ、心ゆくまでダンスや料理をお楽しみください」

挨拶が終わるや否や、楽団がすかさずにワルツ曲の演奏を始めた。

「おいで、ダイアナ」

クレメンスは彼女の腕を取り、フロアの中央に出た。

(怖い……みんなが私に注目している)

ダイアナは上がり切って、心臓が破裂して目が回りそうになる。

「ダイアナ、顔を上げて」

力強いクレメンスの声に、そっと顔を上げる。そこに魅力的な青い目がある。

「そう、そうやって僕だけを見るんだ。そうしたら、君の世界にはもう僕しかいない」

ダイアナは息を呑《の》んで彼の視線をまっすぐ捕らえた。クレメンスが滑るようにワルツのステップを踏み始めた。ダイアナはごく自然に、彼のリードに合わせた。

覚えたてのワルツなのに、まるで呼吸するように楽々踊ることができる。

ほうっと、周囲から感嘆のため息が漏れた。

二人が最初のワルツを踊り始めたので、招待客たちも次々にカップルになり、踊り始めた。

大勢のカップルの中を、クレメンスは水を泳ぐ魚のようにすいすいとリードしていく。クレメンスは、ダイアナの折れそうに細い腰を抱え、愉《たの》しげにささやいた。

「素晴らしい。君がこんなに優雅に踊れるなんて、意外な喜びだよ」

ダイアナは耳朶《じだ》まで血が昇るのを感じた。恥ずかしさのためか嬉しさのためか、わからなかった。

クリスタルのシャンデリアの光にクレメンスのブロンドがきらきら輝き、端整な彼の顔が眩しいくらい美しい。生まれて初めて踊るワルツが、こんなにも心浮き立つものだとは思わなかった。

いつの間にかダイアナは、周囲の視線も気にならなくなり、頬を染め口元に笑みを浮かべ、くるくると軽快に踊り続けていた。

曲が終わると、さすがに息が上がってしまう。しかし、最後の挨拶が大事だと、最後までにこやかな表情を浮かべたまま、クレメンスと揃って優美に一礼した。

「ブラヴォー」

「素晴らしい！」

どっと歓声と割れんばかりの拍手が起こった。

ダイアナは感動で胸がいっぱいになった。

クレメンスや屋敷のものには褒められていたが、こんな大勢の他人から賞賛されるなんて生まれて初めてで、誇らしさで涙が出そうだった。

「よくやったね」

クレメンスがぎゅっと手を握りしめてささやく。

ダイアナは思わずにっこりと微笑み返していた。

クレメンスが眩《まぶ》しそうに目を細めた。

ダイアナは二人の間に、強い心の交流が感じられ、せつないくらい胸が熱くなる。

ダンスの後はクレメンスに伴われて、招待客たちに挨拶をして回った。

誰もがダイアナを褒めそやし好意的だったので、心底ほっとした。

休憩に入り、ダイアナはお色直しのために二階の化粧室に向かった。

最後のダンスは、ウェディングドレスを思わせる純白のドレスで踊ることになっているのだ。

脇の螺旋《らせん》階段をゆっくり踊り場まで上っていくと、数人の紳士たちはなにか声高に喋《しゃべ》っている。明らかに声が酔っていた。

「あの若造、増長しているな」

「金で爵位も若い妻も買った男だからな」

ダイアナはぎくりとして手すりを握りしめたまま、踊り場を窺った。

「家が破産して、一家で逃げるようにアメリカに渡ったそうだぜ。金鉱を掘り当てたらしいが、何をやって儲《もう》けたのか怪しいものだ」

「所詮、成金さ。我々のような由緒正しい貴族からしたら、鼻つまみ者さ」

ぎゅっと心臓が掴まれるような痛みが胸に走る。

しきりにクレメンスとダイアナを褒《ほ》め称《たた》えたその口で、裏ではこんなひどい噂話をしているのだ。屈辱に立ち尽くしていると、男たちの一人が彼女に気づいた。

「おや、噂をすれば、美しき若奥様のご登場だ」

その声に振り向いた紳士たちは、酔いに任せたあからさまな視線で、じろじろダイアナを見ながら近づいてきた。

「近くで拝見すればするほど、お綺麗ですな、奥様」

「旦那様は成金貴族のくせに、女性を見る目はありそうですな」

内気なダイアナは、見知らぬ男たちに囲まれ、怯えて足が竦み上がった。

「わ……たし……」

「で、一晩おいくらですかな？」

ひとりの男がきざな口髭《くちひげ》を撫《な》で付《つ》けながら言う。

「え……？」

ダイアナが意味が分からず聞き返すと、口髭の男は仲間たちとにやにやに目配せをした。

「あなたも金で買われたのでしょう？　金さえ払えば、お付き合い願えるのでしょう？」

ずいっと男たちが接近してくる。

ダイアナは後ずさりしようとして階段を踏み外しそうになり、慌てて立ち止まった。

「確かに、金で大抵のものは買える」

ふいに凛《りん》とした声が響いた。

ダイアナははっと振り返った。

クレメンスが素早く階段を上がってくる。

男たちはぎくりとして、一歩後ろに下がった。

クレメンスは階段を上り切ると、ダイアナの前に庇《かば》うように立った。彼の白皙《はくせき》の顔が険しい。

「だが、彼女の心までは買うことはできない」

クレメンスはちらりと肩越しにダイアナに目をやり、再び男たちをキッと睨《にら》んだ。

「我が妻は誰よりも高潔で純粋な心の持ち主だ。僕のことはいくら悪《あ》し様《ざま》に言われてもいい。だが、妻を侮辱するのであれば――」

クレメンスは上着の内側から白手袋を取り出し、口髭の男の胸元に投げつけた。

「許しがたい。命を張って、彼女の名誉を守る。決闘も厭《いと》わないが、いかがか？」

口髭の男がみるみる青ざめた。

周りの仲間も、恐れを成したように口を噤んでいる。

「アメリカ仕込みの、ピストルの腕前をご披露しようか？」

クレメンスが凄《すご》みを見せてにやりと笑った。

男たちがあからさまに竦み上がった。

「い、いや――クレメンス君、酔った勢いの戯《ざ》れ言《ごと》です。あなたの細君を侮辱した形になったことは、心より謝罪いたします」

口髭の男が声を震わせて、頭を下げた。

男たちがそれに習い、つぎつぎ謝罪の言葉を口にする。

「よかろう。今日は我が妻の晴れの日だ。彼女に免じて、今回だけは目を瞑ろう。どうぞ引き続き、舞踏会を楽しんでくれたまえ。さあ」

クレメンスに促され、男たちはそそくさと階段を下りていった。

「──大丈夫か？　乱暴なことをされなかったか？」

クレメンスが振り返り、ダイアナの肩に優しく触れた。

「はい……」

ダイアナは消え入りそうな声で答えた。

さっきまでの満ち足りた気持ちが、台無しになってしまった。

人間の表と裏の汚い部分を知ってしまい、胸の中が苦いものでいっぱいになる。

だが、クレメンスが命を賭けてダイアナの名誉を守ろうとしてくれたことには、ひどく心打たれていた。なにか彼に、優しい言葉をかけたかった。

「あの……クレ──」

「まったく──」

床に落ちた手袋を拾い上げながら、クレメンスが吐き捨てるように言う。

「古臭い身分にだけしがみついている貴族ほど、厄介なものはないな。金の価値がわからないとは、現代人とも思えない、旧人類だな」

その冷徹な言葉に、ダイアナはぎくりとする。

（そうよ、この人は父の身分をお金で買った人だった──）

喉元まででかかった言葉を呑み込んでしまう。

クレメンスに心が傾いていた分、その反動が大きかった。

クレメンスが振り返ったとき、ダイアナは心ならずもつぶやいてしまった。

「私の心は――売らないわ」

クレメンスが一瞬なにかの痛みに耐えるような表情をした。だがすぐ、彼はいつもの冷静な態度に戻った。

「ああ、それでもいい。すでに君は、僕の妻なのだから。一緒に暮らしていけば、いずれは気持ちは僕に開くさ」

彼の自信に満ちた物言いに、つい反発したくなってしまう。

「私、いつまでもここにいるつもりはないわ。契約のような結婚ですもの。いつかは、あなたからも自由になるの」

クレメンスが苦笑する。

「ふふ、その心意気はいいね。僕から家出費用をもらって、逃げるんだね」

「馬鹿にしないで！　私は本気なんだから」

からかわれたと思い、ダイアナはむきになって言い募ってしまう。クレメンスがやれやれと肩を竦《すく》めた。

「君は僕がいなければ何もできないさ。君には僕が必要なんだ。なぜ、そのことがわからない？」

普段のように軽く受け流され、ダイアナは激昂《げっこう》してくる。クレメンスは、いつも肝心なところで、ダイアナと対峙することを逃げているような気がしていた。

「わからないわ！　あなたは無知な私なんかより、ずっとずっと世慣れているもの。私のことなんか、なんでもお見通しなんでしょう！」

なぜこんなに口惜しいのか、わからなかった。クレメンスに自分の心がいいように掻き乱れてしまうのが、辛いようで嬉しいようで、混乱し切っていた。

「何をそんなに——逆毛を立てた猫みたいに噛《か》み付《つ》いてくるんだ。早く着替えを済ませてくるんだ。もうすぐラストダンスの時間だ。最後まで招待客には、失礼の無いようにするんだ」

クレメンスはあくまで落ち着いた態度を崩さない。

「——っ」

ダイアナは唇を噛み締め、クレメンスの横をすり抜けるようにして、化粧室へ向かった。

「ほんとうに——君の心が金で買えるのなら、全財産を投げ出してもかまわないのに……」

背後でクレメンスがぼそりとつぶやいたが、頭に血が昇ったダイアナの耳には届かなかった。

新郎新婦のラストワルツは、拍手喝采で終わった。

手織りのレースをふんだんに使った純白のドレスに身を包んだダイアナは、天から舞い降りた月の女神《ダイアナ》のように清冽《せいれつ》で美しかった。

クレメンスもギリシャ神話の太陽神のように美麗で、二人が踊っている姿は圧倒的な感動を人々に与えた。

舞踏会がお開きになり、クレメンスとダイアナは玄関ロビーで帰宅する招待客たち一人一人に、挨拶をした。

最後の客を見送り扉が閉まると、ずっと張り付けたような笑顔を浮かべていたダイアナは、心身ともにぐったりしてしまった。

「——今夜の君は最高に素晴らしかった。これで、君と僕はロンドン社交界中の注目の的だろう。よく、最後まで頑張ってくれた。ありがとう」

クレメンスが労《いたわ》るように肩を引き寄せようとしたが、ダイアナ反射的にそれをさっと外した。ほんとうは、自分も優しい言葉をかけたかったのに、踊り場での気まずい雰囲気をまだ払拭できないでいたのだ。

「これで私のお役目は果たしたわ。もう、今日は休ませて……」

素っ気なく口にしてしまってから、後悔する。

(違うの、こんなふうに言いたいわけじゃあないのに——)

素直になれない自分に、内心歯がゆくてならない。

クレメンスは避けられた手を宙に浮かせた。彼の表情が一瞬、苦痛に歪《ゆが》んだような気がした。

その直後、クレメンスはやにわにそのままダイアナの腕をぎゅっと掴んできた。

「あっ」

痛みに顔をしかめると、クレメンスは無言でダイアナを引き寄せ、そのまま横抱きにした。

「きゃ……なにを――」

ふいをつかれたダイアナが、悲鳴を上げる。

「君は妻としての役目を、まだ果たしていない」

クレメンスの声が妖しい熱を孕《はら》んでいるのを感じ、ダイアナはどきんとした。

彼はそのまままっすぐ中央階段に向かう。

「や……下ろして」

ダイアナは身を捩《よじ》ったが、クレメンスはがっちり彼女を抱きかかえたまま、素早く階段を昇り始める。

「ヘンリー、今宵《こよい》は屋敷の者全員にビールを振る舞ってやれ。僕と妻はもう休む。明日の朝まで、寝室には誰も寄越すな」

クレメンスは肩越しに、玄関ロビーに控えていた執事長に声をかけると、そのまま階段を駆け上がった。

彼は廊下をずんずんと進み、自分の私室の扉を開けると、寝室へ直行した。ダイアナはどさりとベッドに投げ出された。

「何をするの？」

ダイアナが起き上がろうとすると、クレメンスは上着を脱ぎ捨てネクタイをもどかし気に緩めながら、ベッドに上ってくる。

「何を？　もちろん、君を抱くんだ」

彼の声が欲望に掠れ、息が乱れている。こんな獣じみたクレメンスの表情を見るのは初めてで、今まで優しく愛撫《あいぶ》されていた以上の行為を、彼が敢行するつもりなのは明らかだった。

ダイアナは本能的な恐怖に竦み上がった。

クレメンスの両手が、性急にダイアナの上衣の釦《ぼたん》を外し始める。

「ま、待って、待って……」

ダイアナは彼の手を押さえようとした。だが、クレメンスは強引にドレスを脱がしていく。

「待たない。もう待たない。僕は待った。充分すぎるほどだ——」

「クレメ……」

むしり取るように上衣を剥《は》がれ、コルセットを緩められ、豊かな乳房が露《あら》わにされた。ダイアナは慌てて両手で胸を覆う。クレメンスはその細い手首を掴《つか》んで、左右に大きく開いてシーツに押しつけ、そのままのしかかってきた。

「いやっ……だめっ」

乱れた呼吸に合わせて、柔らかな乳房が弾む。

「美しいな——君はほんとうに僕をくるわせる」

熱いため息を漏らしたクレメンスは、恐怖で硬く尖《とが》っていた乳嘴に唇を寄せた。濡《ぬ》れた口腔《こうこう》に先端が吸い込まれる。

「んぁ、あっ」

じりっと甘い疼きが走り、ダイアナは背中を仰《の》け反《ぞ》らした。

「口ほどにもない——可愛い声を出すじゃないか」

クレメンスが陶然と酔いしれた声を出し、いきなり乳嘴に歯を立てた。

「痛っ、あ、ぅ」

激痛に顔を歪めると、今度はひりつく頂きにねっとり舌を這《は》わしてくる。じんじん腫れた乳首に、むず痒《がゆ》い喜悦が生まれ、それが四肢に甘く広がっていく。

クレメンスは舌先で小刻み乳嘴を揺らしたかと思えば、きゅっと軽く噛《か》みつき、すかさず優しく吸い上げてくる。

「んん、ぁ、や、は……」

緩急自在なクレメンスの責めに、これまで彼の愛撫を十二分に受けてきたダイアナの身体は、敏感に反応してしまう。

「あ、ぁ、はぁ、あ……」

存分に胸を貪られ、ダイアナは息も絶え絶えで喘《あえ》いだ。甘い疼きが下腹部を襲い、股間がはしたなく濡れてくる。腰が勝手に物欲しげにもじついてしまう。

クレメンスがそっと両手を解放したが、もはや抵抗する気力は残っていなかった。上気して喘ぐ様を見られるのが恥ずかしくて、目を瞑《つぶ》って顔を背けた。

するとクレメンスが顎を掴み、無理矢理自分の方を向かせる。

「僕が欲しいだろう?」

「や……」

欲望を露わにしたクレメンスの表情は、ぞっとするほど美しく魅了されてしまう。視線を外すことができない。その隙に、クレメンスの片手がスカートを捲《めく》り上《あ》げ、器用に下履きを脱がせてしまった。

「あ、だめっ……」

ダイアナが身を捩《よじ》ろうとすると、唇を乱暴に奪われた。

「ふ……んんぅ、んんっ」

いきなり強く舌を吸い上げられ、息が詰まり脳芯まで真っ白に染まる。

深い口づけを仕掛けながら、クレメンスの指が秘裂をゆっくり辿《たど》り、花唇を押し開いた。とろりと滞っていた愛蜜が溢《あふ》れ出《だ》すのを感じ、ダイアナは羞恥に咽喉の奥で呻《うめ》いた。クレメンスの長い指は、そのままつぷりと膣襞《ちつひだ》の中に押し入ってきた。

「ぐぅ……ぁ、ふ、ううぅっ」

ダイアナは総身をぶるっと震わせた。

クレメンスは隘路《あいろ》の中を、二本指で円を描くように掻《か》き回す。ぐちゅぐちゅと淫猥《いんわい》な水音が響き、ダイアナは恥辱で気が遠くなりそうだ。

「ふ――すっかり感じやすい身体になって」

クレメンスが唾液の銀の糸を引きながら、唇を離した。

「君のここは、もう僕が欲しくて仕方ないと言っている」

クレメンスは指を鉤《かぎ》状に曲げると、ダイアナの臍《へそ》の裏側辺りの、感じやすい場所を強く穿《うが》ってきた。

「あぁあ、あ、だめ、あぁ、やぁっ」

そこを刺激されると痺《しび》れるような快感が全身を駆け巡り、ダイアナはくるおしい嬌声《きょうせい》を上げて身悶えてしまう。

「あ、あぁ、あ、や、あぁぁあっ」

ずちゅぬちゅと何度もそこを責め立てられ、ダイアナはたちまち熱い絶頂を極めてしまう。下肢を強ばらせ、きゅうっと隘路が男の指を締め付けた。膣腔の奥の方から、粘っこい愛液が新たに溢れてくる。

「……ぁあ、はぁ、は……」

額に生汗を浮かべ、荒い呼吸を繰り返すダイアナに、クレメンスは自分のズボンの前を寛《ひろ》げながら宣言する。

「君を完全に僕のものにする」

陶酔にぼうっとしていたダイアナは、股間に熱く硬い塊が押し当てられるのを感じ、はっと正気に戻った。

「だ……！」

腰を引く前に、クレメンスはダイアナのすらりとした片脚を抱え上げ、秘裂の中心めがけ自分の腰を押し付けてきた。

「あ、やぁあぁあっっ」

クレメンスの雄々しい灼熱《しゃくねつ》の欲望が、蜜口を押すようにして侵入してきた。それは指とは比べ物にならないくらい逞《たくま》しく長大だった。恐ろしいくらいの硬さの先端が、みしみしと隘路を押し広げて突き進んでくる。

「やめて……痛い……く、苦しい……いやぁあっ、お願い、抜いて……っ」

めりめりと身体の中心を引き裂かれるような痛みに、ダイアナは悲鳴を上げて泣き叫んだ。

「もう止まらない――ダイアナ」

クレメンスはくぐもった声を出しながら、太い滾りで狭隘《きょうあい》な肉路を抉《えぐ》り続けた。

「あ……ぁ、あ……ぁ」

圧倒的な膨満感と痛みと熱さで、ダイアナは目の前が真っ赤に染まるような気がした。

「ああ君の中、熱くて狭くて――僕のものだ――全部僕だけのものだ」

クレメンスは熱に浮かされたような声を出しながら、力任せに腰を突き上げた。すべてがダイアナの中に呑《の》み込《こ》まれてしまうと、クレメンスは彼女の感触を味わうように、しばしじっとしていた。

「全部挿入《はい》ったよ――ダイアナ、とうとう君のすべてを奪った」

クレメンスが、髪や涙の溜《た》まった目尻に何度も唇を押し当てる。

「あ……ぁ、あぁ……」

隘路に目一杯男の肉棒が埋め込まれ、ダイアナは呼吸が詰まり、身を強ばらせていた。少しでも動くと、身体がばらばらになってしまうのではないかと思った。

「ダイアナ」

やがて感慨深い声を漏らし、クレメンスがゆっくりと腰を引いた。内側から粘膜が引《ひ》き摺《ず》り出《だ》されそうな錯覚に陥り、ダイアナは悲鳴を上げる。

「あ、あ、だめ、動かないで……っ」

「だいじょうぶだ、ダイアナ、息を吐いて――君は充分ほぐして上げているのだから」

クレメンスがゆるゆると腰を蠢《うごめ》かせた。

「怖くない――だいじょうぶ、だいじょうぶだ」

何度も声をかけながら、クレメンスが抽挿を繰り返した。

「あ、は、あぁ、あ」

ゆっくりと抜き差しを繰り返されているうち、最初の衝撃は薄れ、痛みよりなにか迫り上がるせつなさで胸がいっぱいになった。それと同時に、とろとろと新たな愛蜜が溢れ出し、クレメンスの剛直の動きを潤滑にしていく。

「ん、は、はぁ、あぁ……」

「そうだ、いい子だ。息を吐いて、そう、力を抜いて」

クレメンスはダイアナの額や頬に口づけを繰り返し、彼女の反応を確かめながら慎重に腰を穿ってくる。

「あっ……あぁ、ん、あぁ……ん」

灼《や》け付くような膣壁を何度も擦り上げられると、得体の知れない未知の快感が身体の奥の方からじわりと湧き上がってきた。知らず知らず、甘えるような鼻声を漏らしてしまう。クレメンスは、そんなダイアナの変化をめざとく感じたようだ。

「ああ、感じてきたか？　そうだ、そうやって、自分の欲望に正直に身を委ねればいい」

彼は次第に腰の動きを速めていく。

「あ、あぁ、あぁん、あぁっ」

媚肉を削られるたびにぞくぞくした喜悦が倍加し、ダイアナは熱に浮かされたように嬌声を上げ続けた。声を上げていないと、身体中にクレメンスの与える衝撃が籠もり、おかしくなりそうだった。

「可愛い声だ、可愛いダイアナ。もっと、もっとだ、もっと泣いて」

クレメンスが半身を起こし、腰を叩《たた》き付《つ》けてきた。

「きゃ……あぁ、あ、だめ、壊れて……ぁあぁっ」

太い先端が子宮口まで届き、そこをずんずんと深く抉ってくると、目も眩《くら》むような衝撃と喜悦に、ダイアナは頭が真っ白になった。

「やぁ、怖い、熱い……あぁ、やぁ……っ」

経験したことのない愉悦に、自分が知らない自分になりそうで、ダイアナはいやいやと首を振り立てて喘いだ。

「怖くない、一緒だ。今、君と僕はひとつだ。二人で天国への扉を叩こう」

クレメンスは腰を大きく引き、雁首の括《くび》れぎりぎりまで引き抜くと、ずんと一気に最奥まで貫いた。

「あぁあっ、あ、やだ……奥が……あぁ、だめっ」

硬い亀頭が子宮口を掻き回すと、尿意にも似た熱い痺れが膨れあがり、それが溢れそうになる。

「やぁ、クレメンス、私……なんだか、あぁ、なんだか……っ」

身体がどこかに吹き飛びそうな感覚に、ダイアナは夢中になってクレメンスの背中にしがみついた。

「ダイアナ、いいんだね、ダイアナ」

クレメンスの白皙の額から珠《たま》のような汗が噴き出し、ぽたぽたとダイアナの頬に滴る。

「あぁ、ああ、ぁああん、あぁっ」

クレメンスが突き上げるたび、頭の中で真っ白な火花が散り、灼《や》け付くような未知の快感がぐんぐん高波のように襲ってくる。

ふいにクレメンスがダイアナの足を抱え直し腰の角度を変え、緩急を付けて突き上げてきた。

「ひぁ、あ、そこ、だめ、そこ、なんだか、あぁぁ、変よ……っ」

臍のすぐ裏側のざらついた部分を何度も擦られると、じゅわっと熱い液が噴き出して、結合部をはしたなく濡らしてしまう。

「いいね、締まる、ここがいいんだね、ダイアナ」

彼女の感じやすい部分を見つけたクレメンスが、そこばかり突いてくるので、ダイアナはもはや我を忘れ、意識を保つのが精一杯だった。

「ああだめ、も、やめて……私、もう、もうっ……」

くるおしく身を戦慄《わなな》かせると、クレメンスも息を凝らし、体重をかけるようにして抽挿を速めた。

「僕も——限界だ、ダイアナ——君の中に、出すよ」

がくがくと腰を揺さぶられ、ダイアナは感極まった声を上げながら首を振り立てた。

一瞬クレメンスの動きが止まったかと思うと、ダイアナの最奥で彼の屹立《きつりつ》がどくんと大きく脈動した。

「っ――」

クレメンスが深い息を吐いた。

「あぁ、あああぁぁあっっ」

同時にダイアナは、腰をびくびくと痙攣《けいれん》させて激しく達した。

どうっと男の熱い奔流が、最奥で繁吹いた。

「……は、あ、はぁ、は……っ」

身体の奥が、白濁の飛沫《しぶき》で満たされていくのをダイアナはぼんやりと感じた。

「――ダイアナ」

腰の動きを止めたクレメンスは、肩で息を継ぎながら潤んだ瞳でダイアナを見下ろしてくる。

「素晴らしかった――」

まだ深く繋《つな》がったまま、クレメンスが唇を重ねてくる。

「んんっ、ん、んぅ……」

口唇に押し入ってきた熱い舌を、ダイアナは夢中で吸い立てていた。

目を固く瞑り、ただ覚えたての快楽の名残を、味わった。

「これで完全に僕の妻だ――僕だけの」

口づけの合間に、クレメンスが熱くささやく。

その少し掠《かす》れた声を聞くと、ダイアナの身体の奥が再びぞくんと淫らに反応する。
(私……もしかしたら、ほんとうにクレメンスのことを……)
自分の気持ちを追う前に、ダイアナの意識がゆっくりと遠のいていった。

失神してしまったダイアナの身体を、クレメンスはそっとシーツの上に横たえた。
特注のドレスがくしゃくしゃになってしまった。
純白のスカートを、破瓜《はか》の印が赤く汚していた。
クレメンスはそこから目を逸《そ》らして、彼女のスカートを外してやった。
絹のシュミーズ一枚にして、そっと肩まで上掛けをかけてやる。
(とうとう彼女と結ばれた――)
クレメンスの胸は充足感でいっぱいだった。

クレメンスの家は、ロンドン郊外で小さな農場を営んでいた。
少年クレメンスは、病院で出会った美しい少女ダイアナのことが忘れられなかったが、彼女は侯爵家の一人娘、自分は何の身分もない。ダイアナにいくら恋しようと、報われるはずもなかった。

　それでも、クレメンスはダイアナを思い切れず、何度も市内に赴いては、ヒューズ家の屋敷の周囲をうろついたりした。もしかしたら、ダイアナと遭遇することができないかと、淡い期待もあった。しかし、ダイアナが屋敷から出てくることはなかった。

　あれは初めて出会って三ヶ月後のことだった。

　その日、病気の父のために薬を受け取りにロンドンに出たクレメンスは、帰り際にヒューズ家の屋敷を覗きにいった。

　ちょうど屋敷の前に一台の馬車が止まっていた。

　クレメンスが街灯の陰から伺うと、ふいに泣き叫ぶダイアナの声がした。

「いやぁ、行きたくない、お願い、お父様！」

　胸を切り裂かれるような悲痛な声だ。

　門から、がっちりしたヒューズ侯爵に腕を掴まれて、小さなダイアナが引《ひ》き摺《ず》られるようにして出てきた。

「黙れ！　お前は修道院へ閉じ込めることにしたんだ！」

　ヒューズ侯爵は居丈高に言う。

　ダイアナは泣きじゃくりながらいやいやと首を振る。

「どうか、ひとりぼっちにしないで！」

「父の言うことが聞けないか！」

ヒューズ侯爵は、ダイアナの頬を平手でしたたかに打った。

その瞬間、クレメンスはかっとして思わず飛び出しそうになった。

ダイアナは悲鳴を上げ、抵抗をやめた。

ヒューズ侯爵は、馬車の扉を開け、ダイアナを乱暴に中に押し込んだ。

「やってくれ」

馬車はすかさず走り出す。

馬車の後部座席の窓に、泣き腫らしたダイアナの顔が見えた。

クレメンスはなす術《すべ》も無く、馬車が十字路を曲がって見えなくなるまでそこに立ち尽くしていた。

どんなにダイアナを慕い想《おも》っていても、今のクレメンスはあまりに若く無力だった。

（きっと——きっと僕が君を救い出してあげる。必ず——！）

少年クレメンスは、ぎゅっと拳を握りしめ、心の中で誓った。


クレメンスは、あのときの誓いを思い出し、感慨深くダイアナの寝顔を見つめていた。

「もう逃がさない、愛しいドーリィ」

彼はそっと彼女の耳元でささやく。

ダイアナを愛している。

いつか彼女が自分に心を開いてくれることにも、自信がある。

だが——もしダイアナが、クレメンスの心の闇を知ることがあったら。

そのとき、クレメンスは永久にダイアナを失うことになるかもしれない。

それだけは耐えられない。

クレメンスの澄んだ青い瞳に、暗い光が宿る。

彼は祈るように目を伏せ、ダイアナの柔らかな頬に口づけした。


「愛しいドーリィ」

夢の中で、あのときの少年がつぶやいている。

（ああ、あなたなの？）

ダイアナはぼんやりした意識の中で、病院で出会った初恋の少年がすぐ側に佇《たたず》んでいるような気がした。

彼の声はとても愛《いと》おしげで、でも深い哀愁を帯びていた。

（なぜそんな哀《かな》しげな声を出すの？　なにか辛いことがあるの？）

ダイアナは手を伸ばし、少年の髪を撫《な》でてやりたいと思った。

夢うつつで手を差し伸べると、誰かがぎゅっと強く握り返してきた。
温かく包み込むような手の感触に、ダイアナは心からほっとして微笑《ほほえ》んだ。
幸せそうな笑みを浮かべたまま、ダイアナは再び深い眠りに落ちていった。

第四章　若妻は甘く蕩《とろ》けて

「今度の復活祭の休みに、一緒にロンドン郊外に小旅行としゃれこまないか？」

晩餐《ばんさん》の席でクレメンスがそう提案したのは、披露宴を済ませて翌週のことだった。

「旅行……ですか？」

今まで旅などしたことがないダイアナは、尻込みしてしまう。ロンドン市内ですら、まだ一人では出歩けないのだ。

「なに、旅行と言っても鉄道に乗ればすぐだ。パディントン駅から鉄道に乗りメイデンヘッドまで行き、そこから小船に乗ってタプローまで行くと、僕の領地で小さな農場がある。ちょっとしたカントリーライフを満喫するのはどう？」

まだ戸惑っているダイアナに、クレメンスが言い募る。

「ちょうど農場は出産ラッシュで、子羊や子馬や、ひよこなんかが沢山生まれているよ。それはそれは可愛いよ」

ダイアナは気を引かれ、思わず身を乗り出した。

「あの……動物の赤ちゃんに触《さわ》ってもいいの？」

「もちろんだ」

ダイアナは胸が躍《おど》った。

都会はもちろん刺激的だが、田舎の生活というものにもひどく興味をそそられた。それに、クレメンスと一緒なら、どこにでも行けそうな気がした。

「行ってみたいわ」

「よし、決まりだ！」

クレメンスが白い歯を見せて笑った。

「今から楽しみだね」

彼がうきうきしていると、ダイアナまで気持ちが浮き立った。

身体を重ねるようになってから、ぐっとクレメンスとの距離が縮まったようだ。

時々、あまりに彼と身も心もしっくりくるときがあり、愛し合って結婚した夫婦のような錯覚に陥るときがある。

（だめだめ、甘い期待をしてはだめ。クレメンスの欲しかったのは、ヒューズ家の財産と爵位なんだから……）

そう自分に言い聞かせて、気持ちを抑えた。

幼い頃から人生に絶望し、諦念して生きてきたダイアナには、心から幸せを甘受することに罪悪感があった。いつそれが奪われ踏みにじられるかという、根深い恐怖心があった。

日ごとにクレメンスに魅了されていく自分を否定はできなかったが、彼に溺れてはいけないと、もうひとりの自分が頭の隅で常に警告を発していたのだ。

それでついついつっけんどんな態度を取ることになってしまい、クレメンスを傷つけているのではと思うと、心が締め付けられるように痛んだ。

（もっと優しい態度が取りたいのに……私ったらなんて意固地なんだろう）


復活祭の一日目は、よい天気に恵まれた。

早朝、クレメンスとダイアナは、供を付けずに出立した。

パディントン駅から個室の一等客車に乗る。

ダイアナは生まれて初めて鉄道に乗り、蒸気機関車のものすごい煙や音に度肝を抜かれた。

馬車よりもずっと速く走る乗り物に、目を丸くして窓の外の景色を眺めた。

「クレメンス、景色が飛んでいくみたいよ。まるで鳥になったみたい！」

頬を紅潮させて、子どものように窓に張り付いているダイアナを、クレメンスは微笑ましそうに眺めている。車中では、駅のキオスクで買ったチョコレートやキャンディーを頬張《ほおば》ったり、クレメンスの読んでいる新聞の記事を読み上げてもらったりした。

メイデンヘッドの船着き場から、パント船と呼ばれる手漕《てこ》ぎの船に乗って川を下った。

船に乗るのも生まれて初めてだ。

天気は上々で、ダイアナは左右の河岸に広がる美しい田園風景に夢中になった。

「ねえクレメンス、あれは何？　それは何？」

目に入る景色すべてが新鮮で、ダイアナはいつになく饒舌《じょうぜつ》になった。

「ダイアナ、そんなに身を乗り出すと、川に落ちてしまうぞ。君は泳げないだろう？」

クレメンスは苦笑しながら、ダイアナの腰を抱えた。

昼頃タプローに到着し、そこから辻馬車でクレメンスの所有する農場に向かった。

灰色の高い建物がみっしり立ち並び常にメインストリートは馬車と人で渋滞している大都会ロンドンから、遥《はる》か地平線まで見渡せる麦畑や水車小屋のある郊外に来ると、空気がすっかり違っていた。

農場は水門のある川べりの近くにあり、中世風な石造りの屋敷が建っていた。赤煉瓦《あかれんが》の壁の二階建ての屋敷は、緑滴る木々に囲まれていた。

「ああ、子どもの頃お母様に読んでもらった、白雪姫と七人の小人が住んでいるお家みたいに可愛いわ！」

馬車の窓から顔を突き出したダイアナは、思わず歓声を上げた。

馬車が屋敷の前に止まると、そこに初老の男女が待ち受けていた。

「ようこそ、おいでくださいました。旦那様」

二人は深くお辞儀をした。

「やあマシュー、クララ、世話になるよ」

先に馬車を降りたクレメンスは、ダイアナに手を貸しながら声をかける。

「彼女はダイアナ。僕の妻だ」

クレメンスがダイアナを紹介すると、マシューとクララはにこやかに挨拶した。

「これは若奥様。私は管理人のマシュー、こちらが妻のクララです。ここにお泊まりになる間は、私どもが誠心誠意お世話いたしますので、なんでもお言いつけくださいね」

半白のあご髭を生やしたマシューが、恭しく言う。

「ダイアナです。よ、よろしくお願いします」

人見知りするダイアナが頬を染めて挨拶すると、でっぷり太って人の好さそうな丸顔のクララが満面の笑みになる。

「まあ、なんてお美しくて初々しい奥様なのでしょう。旦那様は果報者ですね」

「うん。その通りだ」

クレメンスが自慢げに胸を張るので、ダイアナは恥ずかしくて耳朶まで真っ赤になってうつむいた。

屋敷の中はカントリーハウスと言えど、立派な造りだ。玄関から広い吹き抜けのホールがあり、居間も食堂もオリーブグリーンのブロケード（サテン地に浮き模様を織り出した生地）張りの壁の明るい設計で、書斎やライブラリー、ビリヤード室まである。

「元は古臭い農家だったのを、近代的にリフォームしたんだ。とても居心地よさそうだろう?」

クレメンスはダイアナの手を取って、自ら屋敷の中を案内した。

彼も普段よりリラックスしていて、表情も少年のように輝いている。

(ロンドンで洗練された紳士として振る舞っているクレメンスより、ずっと自然で彼らしく見えるわ)

クレメンスがここへ自分を誘ったわけが、少しだけわかる気がした。

ダイアナの見聞を広める意味もあったのだろうが、彼自身が本来の自分を解放したかったのかもしれない。

そして、そんなクレメンスがいっそう魅力的に見えて、ダイアナは胸がときめいてしまうのを抑えることができなかった。

最後に夫婦の寝室に案内される。

三方に出窓のある、開放的で明るい部屋だ。

木製のベッドは無蓋で、タータンチェック模様のシーツや上掛けは洒落ていてこざっぱりしている。

「さあ、ここにおいで、僕の隣に」

先にベッドに腰を下ろしたクレメンスが、ダイアナの手を引いて誘った。

「ん……」

ダイアナが座るや否や、クレメンスが口づけを仕掛けてきた。

「あ……だめよ、まだ明るいのに……」

ダイアナは恥じらったが、クレメンスは平然としている。

「やっと二人きりになったんだ。誰に遠慮もせず、君を好きなときに抱ける」

彼はちゅっちゅっと音を立てて、ダイアナの唇を啄んだ。

「ん、んあ、あ……」

唇を割られ舌を絡めとられると、身体が甘く痺れて力が抜けてしまう。

「……ふぁ、や……ん、んっ」

もはや拒《こば》む力も無く、クレメンスに縦横無尽に口腔を貪られ、息が止まりそうなほど深い口づけを甘受した。

いつしかダイアナの方からも口づけに応え、クレメンスの舌に吸い付く。

「あっ……んん、んぅ……」

「ダイアナ――」

クレメンスが熱のこもった声でささやき、彼の手が胸元を弄ろうとしたとき、こつこつと寝室の扉が遠慮がちにノックされた。

「あの——旦那様。軽食のご用意ができておりますが」

クララの声だ。

二人は同時にぱっと身体を離した。少し赤面して見つめ合う。互いに気まずく、その上なんだか可笑《おか》しくて、ぷっと噴き出してしまった。

「お楽しみは後だ。テラスにテーブルを用意させたんだ。きれいな空気の中で食事をすると、一段と美味《おい》しいぞ」

クレメンスが気を取り直したように立ち上がった。

色とりどりの花が咲き乱れる庭に面したテラスでの食事は、確かに素晴らしかった。

クララの心づくしのキュウリのサンドウィッチも焼きたてのスコーンも、頬《ほ》っぺたが落ちるくらいに美味だった。小麦もミルクもバターも新鮮で、ロンドンで食べる同じものとは格段に味が違っていた。

「美味しい！　ミルクってこんなに濃厚な味だったのね。それにやっぱりマーガリンより、フレッシュバターのほうが断然美味しいわ」

ロンドンでは、安価で塗りやすい人造バターのマーガリンが普及していた。脂臭《やにくさ》いそれを、ダイアナはあまり好まなかったのだ。

普段は食の細いダイアナも、出されたものをぺろりと平らげてしまった。

きれいに空になった彼女の皿を見て、クレメンスが満足げにうなずいた。

「うんうん。君はスタイル抜群だけど、少し細すぎるかもしれない。だからここから帰るときには、二ポンドくらい太っているといいよ」

ダイアナは頬を上気させてうなずく。萌《も》えるような緑と澄んだ空気、そして新鮮な食事に、身も心も生まれ変わるような気がした。

食事の後は、二人してテラスの揺り椅子にもたれてうたた寝した。

そよそよと風に吹かれて惰眠を貪るのはとても心地好《よ》く、ダイアナは結婚して以来、いや修道院に入れられてから、こんなにリラックスしたのは初めてだと思った。

（初めて──クレメンスといると、いろいろな初めてをいっぱい経験する……）

修道院に閉じこもっていたら一生味わえない胸躍る時間を、クレメンスは次から次へと与えてくれる。

そのことだけでも、感謝してもしたりないくらいだ。

（いつか、素直にクレメンスにありがとうって、言えたらいいのに）

うとうとしながら、ダイアナはぼんやり思った。

夕方──晩餐前に二人して、屋敷の周囲を散歩しているときだった。

屋敷に隣接している牧場の方から、マシューが色を変えて走ってくる。

「旦那様、お休みのところ恐縮ですが、実はアトランテが産気づきまして──」

息を切らして報告するマシューに、クレメンスがぱっと表情を明るくした。

「そうか！　とうとう子馬が生まれるか」

しかし、マシューは動揺を押し隠せない声で言う。

「それが——少し、まずい事態でして」

「どうした？」

「は——どうやら逆子のようなのです」

「なんだと⁉」

クレメンスが顔色を変えた。

「獣医はどうしたのだ？」

「隣村で雌牛の出産が立て続けにあって、今は不在なのです」

「わかった、すぐ行く」

クレメンスは、側で花を摘んでいたダイアナに声をかけた。

「ダイアナ、馬の出産が始まるんだ。君は先に屋敷に戻って待っていてくれ」

ダイアナは好奇心にかられて答えた。

「まあ、馬のお産なの？　私は立ち会ってはだめ？」

クレメンスはわずかに眉をひそめた。

「それが——難産のようなんだ。母馬も子馬も危ない事態だ。君のようなか弱い女性が見るものではない」

ダイアナはまっすぐクレメンスを見た。

「あなたは、立ち会うの？」

クレメンスがうなずく。

「これでも、馬の出産には慣れているんだ」

ダイアナはクレメンスがそんな心得まであることに、内心驚いた。そして、ひどく心魅《ひ》かれた。

「あの……邪魔にならないところで見ているから、一緒に行きたいわ」

クレメンスは目をしばたたいた。

「君がなにかしたいと自分から言い出すなんて、驚いたな。よし、では離れて見ておいで。もし、気持ちが悪くなりそうになったら、すぐ屋敷へ戻るんだよ」

「わかったわ」

二人はマシューに先導され、牧場の裏手にある馬の厩舎《きゆうしや》に向かった。

中は、むっと藁《わら》と獣の匂いが立ちこめている。

「旦那様、こちらです」

マシューは一番端の柵の中を指差した。

ダイアナはクレメンスの後ろから、そっと覗《のぞ》き込《こ》んだ。

灰色のお腹《なか》の大きな雌馬が、寝藁《ねわら》の上に横たわり、ぜいぜいと苦しそうに呼吸している。雌馬のお尻から、子馬のものらしい足が一本覗《のぞ》いていた。

「まずいな。完全な逆子か」

見たとたん、クレメンスがつぶやいた。

「このままでは、出産が滞り、雌馬も子馬も命に関わる」

クレメンスはやにわに上着を脱ぎ、シャツの腕を大きく捲《めく》り上げた。

「よし、仕方ない。僕たちでなんとか出産させよう。マシュー、アトランテを起こすんだ」

クレメンスとマシューは柵の中に入っていった。ダイアナはクレメンスが脱ぎ捨てた上着を拾い上げ、両手に抱えた。よくわからないままに、緊迫した状況だと理解できた。

雌馬に縄をかけ、男二人がかりで立ち上がらせた。クレメンスは雌馬の背後に回る。

彼はちらりと立ち尽くしているダイアナに目をやった。

「ダイアナ。子馬は普通、前脚から生まれてくるんだ。前脚、頭、首という順序でするりと生まれてくる。だけど、この足は後ろ足だ。このままでは子馬の肩が引っかかって、抜け出てこられないんだ。だから――」

クレメンスは片手で、ぐっと雌馬の尻尾を掴んで引き上げた。

「一度この足を中へ押し戻し、腕を突っ込んで子馬の体勢を入れ替える。君には恐ろしい場面かもしれない、目を瞑っておいで」

そう言うや否や、クレメンスは子馬の足ごとずぶりと雌馬の膣内に腕を突っ込んだ。

「あっ」

クレメンスの腕が肘の先まで呑み込まれるのを見て、ダイアナは思わずぎゅっと目を閉じてしまう。

ひひんひひんと雌馬が苦しげな嘶《いなな》きをし、マシューがどうどうと声をかける。

「アトランテ、頑張れ。マシュー、縄をくれ」

クレメンスの声が逼迫《ひっぱく》している。

しばらく雌馬の悲鳴と、どすどす床を踏み鳴らす音だけが響いた。

「よし、子馬の前脚に縄をかけた。マシュー、一気に引き出すぞ、いいか」

クレメンスが声を張り上げた。

「一、二、三！」

なにかずるりと抜け出る気配と、どさりと藁に落ちる音。そして、むわっと生臭い血の臭いが漂う。

「ナイフだ。羊膜を切断する」

ダイアナはクレメンスの上着を強く抱きしめ、胸の中で祈った。

（ああどうか、子馬が無事に生まれますように。そして、クレメンスに怪我《けが》がありませんように――！）

「――ダイアナ」

ふいに、クレメンスが静かに呼んだ。

ダイアナは、はっと目を見開く。

「ごらん」

クレメンスは汗と羊水と血まみれになっていた。だが、顔は晴れやかだった。

彼が指し示した寝藁の上に、ぐしょ濡れの灰色の子馬が膝を折り曲げて震えている。

「ああ……！」

ダイアナは胸がいっぱいになり、思わず柵まで駆け寄った。

「生まれたのね！　無事に！」

縄を解かれた雌馬が、子馬に近づくとぺろぺろと全身を舐《な》め回した。

「雄だ。母子ともに、無事だな」

クレメンスが手の甲で額の汗を拭った。

「旦那様がいて、ほんとうにようございました。私どもだけでは、母馬も子馬も失ってしまったかもしれません」

マシューが涙にむせんでいる。

そこへ、水の入った木桶《きおけ》を提げたクララが入ってきた。

「旦那様、本当にありがとうございます。取りあえず、手をお清め下さい」

「うん、クララ」

クレメンスはにっこりして、手を洗いだす。乱れたブロンドの髪が汗まみれの顔に垂れかかり、ひどく野性的で色っぽい。ダイアナは声を失ったまま、クレメンスに見惚《みと》れていた。

「あ、旦那様、子馬が立ち上がります」

マシューの声で、クレメンスとダイアナは同時に顔を振り向けた。

きれいに舐められた子馬が、ぶるぶる震えながら立ち上がっている。母馬が励ますように子馬の身体を鼻面で押す。子馬は母馬の腹を探り、やがて乳を飲み始めた。

生命の誕生と神秘を目の当たりにし、ダイアナは感動で涙があふれてきた。

「ああ、すごいわ……命が生まれるって、奇跡みたい」

クレメンスが柵をくぐり、ダイアナの側に立った。

「怖がらせてしまったね。でも、おかげで無事に生まれたよ」

ダイアナは首を強く振る。

「怖いなんて――こんな素晴らしいものを見せていただいて、ほんとうに……」

後は感涙で声にならなかった。

クレメンスが労《いたわ》るように背中を擦ってくれる。

「とてもよい子馬だ。この子馬は、君へプレゼントしよう。ダイアナ、君が名付け親になってくれ」

思いもかけない贈り物に、ダイアナは胸がはち切れそうなほど嬉しくなり、顔をくしゃくしゃにしてうなずいた。

「はい――では……アークトゥルスでは？　春に一番輝いている星の名前です。ほら、この子の額に、真っ白な星みたいな模様があるでしょう？」

クレメンスはにっこりした。

「うん、いい名前だ。それにしよう。マシュー、アークトゥルスを大事に育ててくれ。若奥様の馬だからね」

「かしこまりました」

マシューは恭しく一礼し、妻のクララに声をかけた。

「おい、お前は急いで旦那様のために、バスルームの仕度をしなさい」

クララは微笑んだ。

「もう、バスタブにお湯が張ってありますよ。旦那様、どうぞごゆっくりお使い下さい」

「ありがとう。ダイアナ、行こうか」

クレメンスが手を出すと、ダイアナは自然にそれを握っていた。

二人の間に、命を救い生み出したという感動と充足感が共有されていた。

クレメンスとダイアナは、微笑みを交わしながら屋敷にゆっくりと戻っていった。

寝室の奥にある浴室に行くまで、クレメンスはダイアナの手を握ったままだった。

「あの――クレメンス、私はあとでお湯を使いますから、お先にどうぞ」

ダイアナは大仕事をしたクレメンスを気遣った。

クレメンスは汚れたシャツを脱ぎながらさらりと言う。

「君も汗をかいたろう。一緒に入ろう」

クレメンスの引き締まった上半身から目を逸らしながら、ダイアナは口ごもる。

「い、いえ……私は遠慮します」

結婚してから、入浴を一緒にしたことはなかった。幾度となくベッドで肌を重ねたが、灯《あか》りを落とした薄暗がりでの行為だ。バスルームのような明るいところで無防備な姿を晒《さら》すのは、憚られた。

「遠慮するな。あとから入ったら、湯も冷めてしまうぞ」

クレメンスはそう言うや否や、ダイアナのドレスを脱がせ始める。

「あ、あ、だめ……」

散歩用の簡易なドレスを着ていたので、狼狽《うろた》えているうちに剥《は》ぎ取《と》られ、薄いシュミーズだけにされてしまった。

「おいで」

ひょいと横抱きにされ、そのままバスルームに連れ込まれた。

青と白のタイルを市松模様に張った洒落《しゃれ》たバスルームの、大きな金引きのバスタブになみなみと湯が張られていた。クララの心づくしか、薔薇の入浴オイルのよい香りが立ちこめている。

クレメンスはダイアナを抱いたまま、ざんぶと浴槽に飛び込む。

「きゃ……」

湯がざあっと豪快に溢《あふ》れ出《で》た。

クレメンスはダイアナを後ろから抱きすくめ、肩まで湯に浸《つ》かった。

「ふうっ、良い心地だ」

満足そうに深く息を吐くクレメンスをよそに、ダイアナは恥ずかしさと緊張で身を竦《すく》めた。

「せっかくのよい湯加減だ。足を伸ばしてごらん」

クレメンスは言いながら、自ら足を長々と伸ばした。おそるおそる足を伸ばすと、自然と背中をクレメンスの胸にあずける形になった。ぴったりと密着し、相手の鼓動を肌で感じているうち、次第にダイアナもリラックスしてきた。

「――子馬が元気に生まれて、ほんとうによかった」

クレメンスがダイアナの肩に湯をかけながら、ため息まじりにつぶやいた。

「クレメンスは、なんでもできるのね――あなたは都会人だと思っていたから、驚いたわ」

ダイアナが素直な感想を述べると、クレメンスは一瞬だけ身体を強ばらせ、それからぽそりと言った。

「僕は――農場の息子だったからね」

ダイアナは思わずクレメンスに顔を振り向けた。

彼の目は、どこか遠いところを見ているように焦点が合っていない。

「ささやかな麦畑と、数頭の牛と馬と羊と――けっして裕福ではなかったけれど、両親は慈しみ合い、僕をとても愛情深く育ててくれたよ」

「そうなの……」

クレメンスが自分の生い立ちを語るのは初めてで、ダイアナは耳を澄ませて聞いていた。

「だが、父が不治の病に倒れてから、農場は経営不振に陥った。か弱い母とまだ子どもだった僕では、農場を支えていくことはできなかった。値上げされた借地代を払うことができず、地主に懇願したが農場を取り上げられ、無一文同然で放り出された。直後に父は死に、僕と母は遠縁に拝み倒して渡航の金を借り、逃げるように新大陸に渡ったんだ」

ダイアナは胸を衝《つ》かれた。自分の生い立ちも孤独で悲惨だと思っていたが、クレメンスも辛い子ども時代を送ってきたのだ。

クレメンスは当時を思い出すように、かすかに眉を寄せて話し続ける。

「僕はカリフォルニアの金鉱で働いた。それはもう、がむしゃらに働いたよ。鉱山の深部を採掘する作業中、落盤事故に遭い重傷を負い、死線もさまよった。この傷はそのときの名残だ」

クレメンスが右腕をわずかに上げ、脇の下の傷痕を示した。その赤い引き攣《つ》れた傷痕を見ると、ダイアナは我が傷のように心臓がきゅっと痛んだ。

「十八歳のとき、必死で貯《た》めた金で小さな山を買った。そこで潤沢な金鉱を掘り当てた。まさに一攫千金《いっかくせんきん》だね。僕は途方もない金持ちになったんだよ。アメリカ人と再婚した母を残し、二十四歳で、膨大な財産と共に母国へ帰ってきた。今まで僕たち家族に冷たかった奴《やつ》らを、見返そうと思った。金持ちというだけで、人は掌《てのひら》を返す。面白いほどに――」

クレメンスはふいに口を噤《つぐ》んだ。

「喋《しゃべ》り過ぎたな――こんな話、面白くもないな」

ダイアナは首を振った。

「いいえ――」

爵位や地位を金で購《あがな》い、ロンドンの貴族たちから「成り上がり者」と、陰口を叩《たた》かれているクレメンスのほんとうの姿を垣間見《かいまみ》た。

過酷な子ども時代を送ってきた同士、クレメンスに共感する部分は沢山あった。だが、ダイアナが一番胸を打たれたのは、運命を嘆くだけで籠の鳥だった自分と違い、クレメンスは果敢に人生を切り開いてきたことだ。

「あなたは強い人ね」

ダイアナはそっとクレメンスの傷痕に唇を押し付けた。ごく自然に。

クレメンスは驚いたように目を見開く。

「君は――僕に同情しているのか？」

「違うわ」

ダイアナはまっすぐにクレメンスを見つめた。

今、自分の胸に渦巻く熱い感情がなにか、きちんと表現できない。

「私……私は――あなたが」

クレメンスがじっと見返してきた。

ダイアナは喉元まで迫《せ》り上がった気持ちを、どう言葉にしていいか途方に暮れた。

「私、お礼が言いたくて……」

うまく言葉にできなかった。

「お礼？」

「あの……修道院から連れ出してくれて。いろいろ優しくしてくれて。いっぱい初めての経験を教えてくれて……あなたの結婚の目的がなんであれ――」

そうではない。

感謝ではなく、もっと切実な気持ちなのに。

「そうか――」

クレメンスがふっと表情を緩めた。

「では、またひとつ新しい初めてを経験させようか」

彼は濡《ぬ》れたシュミーズ越しにつんと浮き出た乳嘴を、そっと指先で摘んだ。

「あっ」

甘い痺れにびくんと腰が浮く。

「絹の下着が身体にぴったり張り付いて、全裸よりいやらしくそそるね」

クレメンスがこりこりと乳首を捏《こ》ねてくる。

「あ、だめ、待って……」

肝心なことをまだ口にしていないような気がして、ダイアナは狼狽《うろた》える。

「待たない」

クレメンスはもうこれ以上話をするつもりはないと言わんばかりに、湯にたゆたう乳房を両手で包み、指先に凝った乳首を挟んだまま、やわやわと揉《も》み上げてくる。

「あ、や……こんなところで……」

身じろぎすると、クレメンスが濡れた髪を高い鼻梁《びりょう》で掻《か》き分け、うなじに口づけし、耳朶《じだ》に舌を這《は》わしてくる。

「こんなところでするから、新鮮で興奮するんだよ」

「あ……ん」

ぞくりと淫らな疼きが走り、ダイアナは甘い鼻息を漏らしてしまう。

「可愛《かわい》いね、すっかり敏感に反応するいやらしい身体になって——初めて抱いたときより、ずっといい」

クレメンスの片手がダイアナの股間に降り、シュミーズの裾を捲《めく》り太腿《ふともも》の狭間《はざま》をまさぐる。

「おや、このぬるぬるはお湯のせいじゃないね？」

彼の巧みな指が秘裂を這《は》い回《まわ》り、鋭敏な花芽に触れる。そこをゆっくりと撫で回されると、たちまち花芯が膨れてくる。

「あ、あっ、や……あぁ……」

充血した陰核をまろやかに擦られ、小刻みに揺すぶられると、子宮の奥がきゅうっと収斂《しゅうれん》し、苦しいほど猥りがましい飢えが迫り上がってくる。

「もう腰が物欲しげにうねってきた。僕が欲しい？」

背後からぴったりと抱きつき、クレメンス自分の股間をぐっと押し付けてくる。硬く張りつめた男の欲望が、ダイアナの柔らかな尻肉にごつごつと当たる。

「んん、あ、やぁ……」

クレメンスの剛直の感触に全身が粟立《あわだ》つ。

彼はダイアナの足をわずかに開かせ、後ろから彼女の太腿の間に自分の男根を押し入れた。ぬるぬると脈打つ肉胴が、秘裂を擦り上げる。

「あ、あぁ、あぁん」

陰唇が擦り上げられると、痺《しび》れる快感に背中が仰け反る。思わず腰を蠢《うごめ》かしてしまう。

「いやらしくていいね。もっと自分で擦り付けてごらん」

耳穴に熱く息を吹きかけられ、下肢がぶるっと震えた。

「は……あぁ、あ、あぁ」

腰を上下にのたうたせると、太い男根が熟れた花唇を往来し、その刺激が堪《たま》らなく心地好い。お湯のせいだけではなく、身体中が熱く燃え上がる。

「気持ちいいかい？」

耳朶を柔らく噛《か》まれ、ダイアナは身体をしならせで喘ぐ。

「ん、はい……あぁ」

こくこくとうなずきながら、ダイアナはさらに強く脈動を擦り上げた。

クレメンスがダイアナの腰を抱え、膨れた亀頭の先で熟れ切った蜜口を軽く突いた。

「はぁっ」

それだけで、甘い期待で膣襞《ちつひだ》が痛いほどざわめく。

「これを挿《い》れて欲しい？」

「あぁ、んん」

浅く侵入してきた先端を迎え入れようと、媚肉がびくついた。だが、クレメンスはするりと抜け出ると、再び太い肉幹でひりつく花唇を擦り始める。

「だめ、ちゃんと口で言わないと、あげないよ」

クレメンスが意地悪く浅瀬をつつく。

「やあ……ひどいわ……」

ダイアナは潤んだ瞳で、クレメンスを懇願するように見つめた。

「ね、ねえ、クレメンス……」

「ふふ、そんな可愛らしい顔をしておねだりしてもだめだよ」

クレメンスは腰を沈め、硬い先端でぐちゅぐちゅとほころび切った陰唇を掻《か》き回《まわ》した。

「欲しいなら、自分で挿《い》れてごらん」

「え……そんな……」

自分から迎え入れる行為はしたことがなく、恥ずかしくて躊躇《ちゅうちょ》する。

「今なら後ろ向きで、僕の顔が見えないだろう？　できるよ、さあ」

誘うように促され、ダイアナはとうとう我慢できずに、そろそろと腰を落とした。だが、ダイアナの愛液とお湯でつるつる滑って、うまく挿入できない。

「ん、ふ、んぅ……やぁ」

もどかし気に腰を振り立てていると、クレメンスが助け舟を出す。

「手を添えるんだ」

「う……そんなこと……」

羞恥に躊躇《ためら》っていると、さらにあやすように言われる。

「初めてを、もっと知りたいだろう？」

「ん……ぅう」

その言葉に背を押され、ダイアナは反り返った男根の根元に細い指を添え、蜜口の中央に先端を押し当てた。

「あ、あぁ……」

腰をゆっくり下ろしていくと、傘の開いた亀頭が膣襞を押し広げていく感触に、下肢が震える。

どうしようもなく淫らなことをしていると思うと、恥ずかしくて堪らないのに、隘路《あいろ》はようやく求めていたもので満たされる歓喜に熱く蕩けてしまう。

「ん、挿《はい》ってく……あぁ、はあ」

ずるりと剛直を呑み込み、ダイアナは根元まで腰を沈め、深いため息をついた。

「そうだ、よくできたね」

クレメンスがご褒美とばかりに、つんと尖《とが》った乳嘴を指先で捏《こ》ね回《まわ》すように摘んでくる。

「はぁっ、あ、はあ、あぁ」

痺れる刺激に、肉茎を包み込んだ柔襞がひくひくと戦慄いて、締め付けてしまう。

「ああ、ほんとうに感じやすくなったね——素晴らしいよ。このまま、君の好きに腰を使ってごらん」

クレメンスが軽く腰を下から突き上げた。

「く、あぁ、だめっ……動いちゃ……っ」

自分の体重をかけて受け入れているせいか、わずかな刺激でも屹立《きつりつ》が子宮口まで届くような錯覚に陥る。

「なら、自分で気持ち好くなるんだ」

促され、ダイアナはクレメンスの硬い両膝に手を突き、そろそろと腰を持ち上げた。再び深く腰を沈めると、ずぶずぶと肉幹が媚襞を巻き込むように呑《の》み込《こ》まれ、深い喜悦で脳芯まで真っ白になった。

「はぁ、あ、深い……あぁ、奥が……」

ダイアナは次第に腰を淫らに蠢かせた。

「そうだ、上手だ、もっともっと感じて」

クレメンスは乳房や乳頭への愛撫《あいぶ》を続けながら、ダイアナに声をかける。

「あぁ、あぁん、あ、当たる……やぁ、奥に当たって……」

彼の充溢《じゅういつ》したものが最奥にごりごりと当たり、きーんと耳鳴りがするほど痺れてきた。みっしり彼の欲望を呑み込んだまま、腰を小刻みに振ると、脳芯が蕩けそうなほど感じてしまう。

「奥が、やわやわ吸い付いてくる。ダイアナ、奥で達《い》くことを覚えたね。嬉《うれ》しいよ、君にそこのよさを教えられて」

クレメンスが感慨深い声を出す。

「んぅ、ん、あぁ、あ、だめ、どうしよう……あぁ、終わらない、の」

ダイアナは腰を淫らに振り立て、身をくねらせて嬌声《きょうせい》を上げた。

何度も奥で痺れるように絶頂を極めているのに、その熱が一向におさまらないまま、再び昇り詰めてしまう。

「女性は最奥で、際限なく達してしまうことができるんだ。でもそれは、女性が充分身体が熟れ、快感を極めなければ覚えられないそうだよ」

「やぁ、こんなの……初めて、怖い……あぁ、またっ」

ダイアナは堪らず、動きを止めて肩で息をした。

「どうしたの？　続けて」

促されたが、いやいやと首を振る。

「だめ、怖い……終わらないの……おかしくなりそう……」

「もっとおかしくなればいい」

突然、クレメンスがダイアナの細腰と片脚を抱え、繋《つな》がったままぐるりと正面を向かせた。

「ひあ、あぁっ」

淫襞を捏ねくられるように刺激され、ダイアナは悲鳴を上げた。

クレメンスはそのまま自分の腰を突き上げて、激しく揺さぶってきた。

「あぁあん、あ、だめぇっ」

衝撃が子宮全体に響き渡り、めくるめく快感が脳芯から爪先まで駈《か》け抜《ぬ》けた。思考が吹き飛び、自分が自分でなくなりそうなほど、愉悦が突き抜ける。

「だ、めぇ、壊れ……あぁ、奥、痺れて、あぁ、だめだめぇっ」

身体ごと意識が吹き飛びそうな錯覚に、ダイアナはクレメンスの首に必死でしがみついた。

あまりに激烈な突き上げに、湯がばしゃばしゃと大きく波打ち、吹きこぼれる。

「んんぁう、いやぁ、いや、達《い》っちゃう、ああまた……また達くっ」

感極まったダイアナは、クレメンスの引き締まった肩口に歯を立てた。身体中に溢《あふ》れる淫猥《いんわい》な熱を、どこかで逃がさないとおかしくなりそうだった。

「可愛いね、ダイアナ。もっと感じて——もっとおかしくなって」

クレメンスが息を乱しながら、さらにがつがつと腰を穿《うが》ってくる。あまりに激しい律動に、バスタブの湯がほとんど飛び散ってしまった。

「あぁ、また……あぁ、だめ、あぁ、い、いいっ、いいっ……」

ダイアナは際限なく絶頂を極め、四肢を引《ひ》き攣《つ》らせて身悶《みもだ》えた。

あまりに叫び過ぎて、声がしゃがれてくる。

「ほんとに……もう、許して……あぁ、お、願い……あぁ、死んじゃう……助けて、あぁ、死んじゃうわ……っ」

随喜の涙をぽろぽろこぼしながら、ダイアナは濡れたプラチナブロンドを振り乱し、首を振り立てた。

「ダイアナ、ダイアナ――っ」

ダイアナの痴態を余すところなく眺めながら、クレメンスも高みを目指して律動を速めていく。

「や、あぁ、だめ、だめぇ、あぁあ、んんあう、あぁぁああっ」

ダイアナが四肢を痙攣《けいれん》させ、全身でイキんだ。

ぎゅうっと蜜壷が締まり、クレメンスを追いつめる。

「ああ僕も――もう、出る――出すよ、ダイアナ」

「はぁぁ、あ、来て……あぁもう来て……あぁ、も、いやぁぁあぁっ」

ダイアナの嬌声が浴室中に淫らに響いた。

「く――っ」

クレメンスが低く呻《うめ》き、びくんびくんと腰を大きく震わせた。

「はぁ、あぁ、はぁ、はっ……っ」

ダイアナの身体の奥深くに、熱い白濁の欲望が注ぎ込まれる。

クレメンスとひとつに溶け合うこの瞬間、ダイアナはこの上ない至福を感じる。

愉悦の頂きには、ただ二人だけが存在する。

「ああ……クレメンス……クレメンス……」

ダイアナは無意識に相手の名前を連呼しながら、うっとりとした表情を浮かべる。

痺れる浮遊感に、意識が真っ白に染まる。

(好き……)

その瞬間、ダイアナははっきり自覚した。

(そうだ——私は、この人が好きなのだ……いつの間にか、本気で恋してしまったのだわ……)

自分の胸の奥に、ずっと形にならずにもやもやと甘くせつなく溜《た》まっていた感情。

それがなんなのか、やっと理解したのだ。


翌朝。

二人は早起きをして、川沿いの森の中を腕を組んで散歩した。

まだ朝もやが立ちこめている新緑の森は、神秘的で美しかった。

「この丘のてっぺんは、眺めがいいよ」

クレメンスに手を引かれ、なだらかな丘陵を登っていった。

頂上にたどり着くと、ちょうど霧が晴れ始め、当たり一面が広々と見渡せた。

「まあ、綺麗……」

ダイアナは息を呑《の》んだ。

遥か地平線まで広がる牧草地と麦畑。

その間に、赤い煉瓦造りの農家が点在している。

澄んだ川のせせらぎに、水車の回る規則正しい音。

のどかで牧歌的な眺望は、常に煤塵で灰色に曇り建物と人で溢れ返ったロンドンとは対照的だった。

「あの遠くに霞《かす》む給水塔まで、僕の領地だ。この土地は、やっと手に入れた僕の理想郷だ。僕はこの領地と領民を愛している」

クレメンスは目を眇《すが》めながら、誇らしげな声を出す。

（あなたの愛するもの――その中には、きっと私は入っていないのね……）

そう思うと、ダイアナはずきんと胸が痛んだ。

気を取り直そうと、クレメンスに話しかけた。

「そう言えば、あなたの生まれ育った農場はどうなったの？　今のあなたなら、取り戻すこともできるでしょう？」

クレメンスは地平線に目をやったまま、さりげなさそうに答える。

「そこはもう、ない。僕の生まれた農地は、鉄道建設予定地になっていたんだ。領主はそのために、わざと借地代を吊《つ》り上《あ》げて僕らを追い出したんだ。鉄道会社に、土地を高く売りつけるためにね。今はもう、そこには鉄道が走り住宅地が立ち並び、当時の面影はなにもないんだ」

ダイアナは胸が締め付けられた。

「ごめんなさい――よけいなことを聞いてしまって……」

気まずく口ごもると、クレメンスが顔を振り向け、静かな笑みを浮かべた。

「べつに？　君が僕のことに興味を持つなんて、どうした風の吹き回しかな？」

ダイアナは頬に血が昇るのを感じた。

今なら言えるかもしれない。

勇気を出して告白してみよう。

「クレメンス、私――」

顔を上げた瞬間、額にぽつんと冷たい雫《しずく》が弾けた。

「あ……」

次から次へと雨だれが降ってきた。

「いけない、にわか雨だ。急いで屋敷に戻ろう」

クレメンスが空を仰ぎ、ダイアナの手を取った。

二人は急ぎ足で丘を下った。

さっきまで青空がのぞいていたのに、あっという間に黒雲が天を覆い尽くした。ふいに雨足が強くなり、ざあっと叩《たた》き付《つ》けるように降りはじめた。

「ダイアナ、濡れた草地は滑るから、足元に気を付けて」

クレメンスは自分の上着を脱ぎ、ダイアナを頭からすっぽり覆った。

「は、はい」

返事をしたとたん、足が泥に取られてつるっと滑る。クレメンスが腕に力を込めて身体を支えてくれた。スカートがすっかり雨を吸って重い。思うように走れない。

「そこの木立を抜けたらすぐ、屋敷が見える。しっかり！」

二人がびしょ濡れで林を抜けると、向こうから傘を差したマシューとクララが、あわてふためいた様子で走ってきた。

「旦那様、若奥様、だいじょうぶですか？」

マシューに傘を差しかけられたクレメンスは、ぜいぜい息を荒くしているダイアナの背中を抱え、答えた。

「僕は大丈夫だ。それより、早く妻を屋敷の中へ。すっかり身体が冷えてしまった」

「かしこまりました」

マシューとクララに左右を支えられ、ダイアナはよろめきながら屋敷へ入った。

下着までぐしょ濡れで、体温が奪われて歯の根が合わずかちかち鳴った。

「若奥様、すぐお着替えを。乾いた布で身体を擦って差し上げます」

クララがてきぱきと着替えやマッサージを行ってくれたが、震えはなかなかおさまらない。

ベッドに腰を下ろし、厚い寝間着とガウンに包まれ、沸かしたミルクを啜《すす》っていると、次第に身体が火照ってきた。

「ダイアナ、具合はどうだ？」

自身も着替えを済ませて、クレメンスが気遣わしげに寝室に入ってきた。

「やっと、温まりました。心配かけて――」

なんとか微笑もうとしたが、顔の筋肉が強《こわ》ばってうまくいかなかった。

クレメンスが眉をひそめて、額に手を当ててくる。彼の掌はひんやりして、心地好かった。

「熱が出たね。今日はもう休んだ方がいい。初めての旅で、疲れも出たんだろう」

クレメンスが上掛けを捲《めく》り、ダイアナの背中を抱いて横たわらせてくれた。

「ごめんなさい。せっかくのバカンスなのに……」

身体が熱でだるくなり、喋るのも億劫《おっくう》になってきた。

「いや、僕が悪かった。空気が湿り気を帯びていたのはわかっていたんだが、つい、君に自分の土地を見せたくて、連れ出してしまったんだ」

クレメンスが側に寝そべり、ダイアナの半乾きの髪の毛を撫《な》で付けた。

「いいえ――あなたのこと、いろいろ話してもらえてよかったです」

瞼《まぶた》が重くなる。

もっともっと話して欲しかったのに。

「時間はいくらでもある――また、ここに連れてきてあげよう」

クレメンスの声が遠くなる。

「はい……」

すうっと睡魔に襲われた。

その日は、一日中微熱が出て、ダイアナはうとうとしていた。

クレメンスがずっと付き添ってくれ、額に置かれた濡れタオルを洗面器の水で絞っては、取り替えてくれた。

時々、ふわりと目が覚める。

すぐ横に、読書をしているクレメンスの姿がぼんやり見えた。

「クレメンス——そこにいるの？」

心細くて夢うつつで声をかけると、クレメンスが片手を伸ばして頬を優しく撫でてくれる。

「いるよ。だから、安心してお休み」

ダイアナはほっとして、再び浅い眠りに落ちた。

久しぶりに父の夢を見た。

幼いダイアナは、父に引っ立てられて、修道院へ送られるべく、無理矢理馬車に乗せられようとしていた。

「お願い、どこにもやらないで！」

ダイアナが泣きじゃくって懇願しても、父は聞く耳も持たなかった。

「お前は一生修道院に閉じ込めてやる」

ダイアナは必死で父の手を振りほどこうとした。

ふいに、優しく手首を掴まれた。

はっと顔を上げると、ほっそりした美少年が父の前に立ちふさがり押しのけ、ダイアナの手をしっかり握っている。

「泣かないで、ドーリィ」

懐かしく、優しい声。

「君を救いにきたよ」

ダイアナの胸が高鳴る。

少年の手を強く握り返す。

「連れて行って。一緒に——」

「可愛いドーリィ」

少年が愛《いと》おしげに呼ぶ。


はっと目が覚めた。

すでに日付が変わったのか、寝室の中は暗く、枕元の小さな燭台《しょくだい》の灯りが瞬いている。

頭がすっきりしていた。熱が引いたのだ。
ダイアナは額に乗せてあるタオルをそっと取り払い、顔を振り向けた。
すぐ側にクレメンスの寝顔があった。
彼は椅子に座ったまま、ベッドに倒れ込むように眠っている。
白皙《はくせき》の顔にブロンドがくしゃっと垂れかかり、無防備であどけなくさえ見える。
クレメンスの右手が、ダイアナの左手をしっかり握っていた。
ダイアナはまだ夢の続きにいるような気がした。
「クレメンス……」
その名前を口にすると、胸いっぱいに愛おしさが溢れてきた。
ダイアナは、そっとおでこをクレメンスの額に押し付けた。
触れ合った部分から温かいものが交流して、心を熱くするような気がした。
「あなたが、好き……」
ダイアナは口の中でつぶやいた。
生まれて初めて愛の言葉を口にした。
せつなくてくるおしい感情が、全身を甘く駆け巡る。
髪の毛の先から爪先まで、とろとろ蕩けそうな幸福感が満ちる。
これが人に恋するということか。

目眩《めまい》がするほど甘美で、身体の芯がきゅんと強く疼《うず》いた。

結婚した直後、クレメンスの屋敷で初めて食事をしたときには、幸せというものがなんであるか、ちっともぴんとこなかった。

でも、今なら分かる。

愛しい人が側にいて、触れ合えるときめき。その温《ぬく》もりを大事に思える悦《よろこ》び。

ダイアナはクレメンスに額を押し付けたまま、強く目を閉じ、めくるめく高揚感に耐えていた。

第五章　幸せの代償

農場から戻って来たクレメンスとダイアナの間には、絆《きずな》のようなものが生まれていた。

毎朝目覚めると、ダイアナはクレメンスより先にベッドを出て、自分でドレスを選び、薄化粧して彼が起きるのを待った。クレメンスが出勤するときは、玄関ロビーで見送り、彼からの口づけを受けると、そっと自分も返した。

昼間、自分の勉強が終わると、その日の晩餐《ばんさん》のメニューをヘンリーとともに検討した。クレメンスの気分や体調を考慮して、食材を選んだ。クレメンスが帰宅する前に、晩餐用のドレスに着替え、彼を待ち受けた。

二人でゆっくり晩餐を取りながら、その日あったことを互いに話した。

クレメンスの話は社会性に富み視野が広く、ダイアナには興味深いことばかりだ。一方で、クレメンスはダイアナの、日常生活で気がついたささいなエピソードでも、愉《たの》しげに聞いてくれた。

夜はベッドで、クレメンスに時に激しく時に甘く抱かれる。

ダイアナの官能は日々深まり、今まで想像もできなかった深い快楽を知った。

そうしたダイアナの変化を、クレメンスは何も聞かず、そのまま受け入れてくれた。

ダイアナもクレメンスも、互いに問いたいことは胸の中に押し隠し、ひとときの安息の日々を愉しんでいた。

特にダイアナが農場での暮らしをとても喜んだので、クレメンスは彼女と週末ごとにそこで過ごすようになった。

ダイアナは子馬のアークトゥルスの成長を楽しみにし、農場で新しく生まれた子犬や子羊たちに会うのも心待ちにしていた。クレメンスもロンドンにいるときよりずっとリラックスしてみえ、会話も弾んだ。

初夏に入ると、ロンドンの貴族たちの多くは社交場を野外に移す。秋までは、それぞれの所有するカントリーハウスに落ち着く。そのため、ダイアナとクレメンスも農場で過ごす時間がますます増えた。

機能的で文化が栄えてはいるが灰色でごみごみしたロンドンは、ダイアナには少し息苦しく、社交界シーズンで郊外で過ごせることはありがたかった。

農場には老夫婦のマシューとクララしか使用人がいないので、ダイアナはできる限りクレメンスの世話は自分でするようになっていた。と言っても、手ずからお茶を淹れるとか、散歩に行くときに上着を着せかけてステッキを渡す程度のことだったが、クレメンスがひどく嬉しそうにするので、ダイアナの胸はその度に浮き立つのだ。

七月に入った農場の早朝――。

ダイアナは早起きをして薄手のサマードレスに着替え、屋敷の周りをゆっくりと散歩していた。

まだ朝日が昇ったばかりで、辺りは朝もやに包まれている。

昨夜もクレメンスに熱く抱かれ、くたくたになるまで何度も極めてしまい、身体を繋げたまま深い眠りに落ちた。いつもは、クララが洗面用のお湯を持って寝所の扉をノックするまで目覚めないのだが、今朝はなぜか夜明けに目が覚めてしまった。ぐっすり眠っているクレメンスの無防備な寝顔を見るのは至福のひとときだったが、ふと朝食のテーブルに、朝摘みのヒースの花を飾ろうかと思い立ったのだ。

ヒースは、夏に釣り鐘状の可憐《かれん》な赤紫の花を咲かす。

ちょうど農場の周囲はヒースの花盛りで、朝霧のなかに一面ぼんやり霞んで咲き誇っている光景は、神秘的で美しかった。

「なんて綺麗……」

ダイアナはうっとりつぶやきながら、ヒースの花を摘み始めた。

牧場の柵越しに、ぱかぱかと走ってくる馬たちの蹄の音がする。

「まあ、アークトゥルス」

母馬のアトランテと寄り添って走ってきた子馬のアークトゥルスは、柵の隙間からダイアナの方に鼻面を伸ばした。

ダイアナは額から鼻面にかけて、優しく撫でてやった。

子馬はすっかり彼女になついていた。

「早く大きくおなり。クレメンスが私に乗馬を教えてくれるって。お前の背に乗って、牧場を散歩するのが、とても楽しみよ」

ダイアナは柵にもたれて、愛おしげにアークトゥルスに話しかけた。

クレメンスと二人して、馬で遠乗りに出かける日を想像するだけで、わくわくしてくる。

「大好きよ――」

クレメンスにはとても面と向かっては言えない言葉を、そっとアークトゥルスにささやいた。

「妬《や》けるな」

「きゃっ？」

背後からぎゅっと抱きつかれ、ダイアナはふいをつかれて悲鳴を上げた。

「君は僕より、アークトゥルスのほうがお好みとみえる」

寝間着にガウンを羽織っただけのクレメンスが、ダイアナの髪に顔を埋めてつぶやく。

「な、なにを――馬と人間では、好きの意味が違いますっ」

独り言を聞かれたのが照れくさく、ダイアナは身を捩《よじ》ってクレメンスの腕から逃れようとした。

「そうなのか？　ならば、僕のことは少しでも好ましいと思ってくれているか？」

クレメンスはぎゅっと腕に力を込めた。

うなじの辺りにクレメンスの艶っぽい声が響くが甘く擽《くすぐ》ったく、ダイアナはどぎまぎしてしまう。

「そ、それは……」

口ごもると、クレメンスがさらに強く抱きしめ、かすかにため息をついた。

「目を覚ますと、側にいるはずの君がいない。てっきり、逃げ出したのかと思った。慌てて飛び起きて君を探しまわると、当の君はのんびり馬をくどいているんだから。拍子抜けした」

低い声には、心底ほっとしたような響きが感じられた。

「に、逃げるなんて……」

「君は僕に宣言しただろう？　いつか僕からも逃れて、自由になるんだって」

「あ、あれは――」

確かにクレメンスと取引のように結婚した当初は、そう思っていた。

だが、今は――。

クレメンスの腕の中に捕らわれているのに、この上なく自由な気がする。それどころか、彼と二人でいると、ダイアナは自然に伸び伸びしている。

（恋する人と一緒にいることが、一番心が自由になるのだわ）

もはやダイアナにはクレメンスから逃げようという気持ちは、微塵《みじん》もなかった。

だが、この気持ちをクレメンスにどう伝えていいかわからない。

ヒューズ家の爵位や財産目当てでダイアナと結婚したクレメンスに、自分の本当の気持ちを打ち明けて拒絶されたらと思うと、怖くてとても口にできそうになかった。

クレメンスも自分と同じ気持ちだと、錯覚してしまうときがある。彼はいつも丁重に優しく接してくれる。可愛いとも言ってくれる。それが、ダイアナ自身が大事なのか、財産が大事なのか確信が持てない。それが一抹の寂しさと不安を、いつもダイアナに与えていた。

黙り込んでしまったダイアナに、クレメンスが焦《じ》れたように胸元をまさぐってきた。

「逃がしはしないよ」

「あっ――」

薄い絹越しに乳首をきゅっと摘まれ、びくりと肩を竦めた拍子に、手から摘んだヒースの花がばらばらと落ちた。

「や、だめ――こんな、外で……」

刺激から逃れようと身悶えると、クレメンスがますますいやらしく胸を揉んでくる。

「馬しか見ていない。野外って、開放的にならないか？」

悩ましい声でささやかれ、耳朶の後ろにねっとりと舌が這い回った。ぞくぞく背中が震えてしまい、ダイアナは狼狽《うろた》える。クレメンスは片手で胸をまさぐりながら、スカートをそろそろと持ち上げ、太腿を撫で上げる。

「ん、やぁ、やめてったら……っ」

本気で恥ずかしく身を捩《よじ》ったが、ダイアナが抵抗すればするほどクレメンスはむきになって悩ましい愛撫を激しくする。下履きに指をかけてずらすと、するりと中へ潜り込ませてきた。

「あっ、だめ、そこはいやっ」

秘裂をまさぐられ、ダイアナはいやいやと首を振った。

「どうして？　感じてしまうから？」

クレメンスが意地悪げな声を出し、さらに指を蠢かせてくる。長い指先が陰唇を押し開くと、くちゅりと粘ついた音がして、ダイアナは羞恥に頬を染めた。

「やっぱり――もうぬるぬるだ」

クレメンスはとろりと溢れた愛液を指で掬い、秘玉をくりっと転がした。

「あっ、あ、だめですっ」

じんと甘く痺れてしまい、ダイアナは背中を強ばらせた。毎日のようにクレメンスに抱かれた肉体は、わずかの刺激でも反応するようになってしまった。

「いっぱい濡れてきた――こうされるのが好きだろう？」

クレメンスは包皮をめくり上げ凝った花芯を、ぬるぬると撫《な》で回《まわ》す。

「んっ、んん、あ……ぁあ」

下腹部がかあっと燃え上がるように感じてしまい、ダイアナは思わず悩ましい鼻声をもらしてしまった。もはや淫らな疼きは全身に広がり、拒むこともできない。

「可愛いね。君のここはとっても素直だ――」

クレメンスはくすくす笑いながら、乳房を弄び、秘玉を執拗《しつよう》に転がした。

「やぁ、ひどい……こんなにしたら……私……」

ダイアナは声を立てまいとぎゅっと目を瞑り、クレメンスの愛撫に耐えようとしたが、甘い刺激に媚肉がひくつき始め、自制心が失われてしまう。

「僕が欲しくなった？」

くちゅくちゅと秘裂を掻き回しながら、クレメンスがいやらしく自分の下腹部を押し付けてくる。寝間着越しに、彼の股間が熱く滾《たぎ》っているのがありありわかり、ダイアナの下肢が物欲しげに蕩《とろ》けてくる。

「ん、や……いやあ、恥ずかしいのに……」

必死で自制心を保とうとするが、膨れ上がった秘玉をきゅっと抓り上げられると、あっという間に軽い絶頂に飛んでしまい、びくびくと腰が跳ねた。

「あぁあっ、あ、だめぇ……」

「もう達してしまったの？　ほんとにいやらしい奥様だね」

クレメンスが意地悪く笑うのが恥ずかしいのに、興奮がさらに倍加してしまう。

「恥ずかしいのが、いいんだろう？」

「や……違う……違います……」

赤面して首を振ると、クレメンスはふいに下肢を弄《いじ》るのをやめ、ダイアナの身体を柵に押し付けるとスカートを腰の上まで捲《めく》り、一気に下履きを引き下ろしてしまった。

「きゃ……だめっ」

朝霧が剥《む》き出《だ》しの下半身にひんやりとまとわりつく。ぶるりと下肢が戦慄《わなな》く。

クレメンスが背後に跪《ひざまず》き、ダイアナの双臀を掴《つか》んで、ぎゅっと左右に割り開いた。

くぱっと開いた陰唇にまで朝もやが侵入してきて、羞恥で頭が煮え滾りそうになる。

「そら、君の淫らな蜜を流す花びらから、小さな後ろの窄まりまで丸見えだ」

クレメンスの熱い息づかいが股間に迫る。

「やあ、見ないで……」

身体の奥がきゅんと疼くのを感じ、さらに蜜が溢れてくるのを感じる。

「可愛い赤薔薇の朝露を、味わおう」

クレメンスがおもむろに、足の間に顔を潜り込ませてきた。そして、ぴちゃぴちゃと淫猥な音を立てて、濡れそぼった花唇を舐《な》め回してきた。

「あぁあ、あっ」

ぬるつく熱い刺激に、ダイアナは柵を両手で強く握りしめて耐えた。

「どんどん溢れてくる」

クレメンスはくぐもった声を漏らしながら、太腿から秘裂まで丁重に舐め上げる。仕舞いには、ひくつく後孔にまで舌先を押し入れてきた。

「あっ、だめぇ、そこは……汚い……っ」

不可思議な痺れに、ダイアナは悲鳴を上げる。

「汚いものか――君の身体のどこもかしこも、美味《おい》しい」

クレメンスは長い舌で媚肉の中心を掻き回しながら、ほぐれた後ろの窄まりにそっと指先を押し込んでくる。

「ひ、やぁ、あ、あ、あぁ」

上下の孔を一度に刺激されると、逃げ場のない熱い奔流が全身を駆け巡り、淫らな嬌声を止めることができない。

「よい反応だ――おいおい後ろも開発してあげる」

クレメンスが愉しそうにつぶやくので、ダイアナは恐怖と卑猥《ひわい》な期待に腰がぶるりと震えた。

クレメンスと一緒だと、どこまでも未知の世界に向かっていけそうで、自分がこんなにも淫らで恥ずかしい身体に変えられてしまったことが、恨めしいようなわくわくするような、混乱した気持ちになる。

「嬉しそうに蜜を溢れさせて——可愛いね」

クレメンスはやにわに膨れ切った秘玉にちゅうっと吸い付く。

「きゃ、あああぁあっ」

鋭い刺激に、ダイアナは瞬時に絶頂に押し上げられた。それと同時に、熟れた肉壷が、満たして欲しくてきゅうきゅうときつく収斂を繰り返した。

「達してしまった？　でも、まだまだ足りないだろう？」

クレメンスは顔を上げ、ひくつく媚肉に指を突き入れて、ぐちゅぐちゅと掻《か》き回《まわ》す。

「さあ、僕が欲しいと言ってごらん」

「う、あぁ、ひどい……ひどいわ」

ダイアナはいやいやと首を振る。隘路は彼の剛直を求めて、くるおしいほどダイアナを責め立てる。

「どうなの？　ダイアナ、ちゃんと言わないと、このままだよ」

クレメンスの意地悪な言葉に、ダイアナの膣壁はますます飢えて蠢いてしまう。恥ずかしげもなく、クレメンスの指を奥へ引き込むように締め付ける。

「いやぁ……クレメンス、お願い……」

剥き出しの尻をもじもじとさせ、ダイアナは消え入りそうな声を出す。

「……あなたが……欲しいの……」

言ってしまってから、あまりの羞恥で頭がくらくらした。だが、気持ちに反して身体はますます興奮してしまう。

「いい子だ——いつもこんなふうに素直だといいのに」

クレメンスが立ち上がる気配に、蜜口が淫らな期待でひくひく蠢動してしまう。彼が尻を掴んで背後から腰を押し付けてくる。

「んんぅっ」

硬い欲望の先端でぬるぬると擦られただけで、ぶるりと背中が震え、じゅわっと愛蜜が吹きこぼれた。

「やぁ熱い……」

自らも腰を突き出し、もっと奥へと屹立を誘う。

「君のここも、火傷しそうに熱い」

クレメンスが息を弾ませ、ぬるりと半身を突き入れてくる。

「ふ、うぅん……」

待ち焦がれ刺激に、背中を仰《の》け反《ぞ》らして喘《あえ》いだ。

だがクレメンスは挿入半ばで、焦らすようにくちゅくちゅと前後に揺さぶる。

「ん、んんぅ、やぁ、早く……クレメンス」

淫欲に追いつめられたダイアナは、腰を振り立てて思わず催促してしまう。

「こうかい？」

クレメンスがずぶりと剛直を最奥まで押し入れてきた。

「はぁあ、あぁあぁあっ」

待ち焦がれた刺激に、ダイアナはたちまち絶頂に駆け上り、嬌声を上げた。切望した挿入に、生理的な涙が出るほど感じ入ってしまう。

「すごいな――奥が吸い付いて」

クレメンスが低く唸り、ゆっくり肉棒を亀頭の括《くび》れまで引き抜き、再びずんと深く突いてきた。

「あー、あぁあっ」

きつく閉じた瞼の裏で、ぱちぱちと悦楽の火花が散った。

クレメンスは深く挿入したまま、今度は小刻みに揺さぶってくる。

「はぁ、あ、あぁ、あぁあん」

灼《や》け付くような快感に、ダイアナは柵に爪を立てて耐えた。

「こんなに乱れる君は初めてだ。いいね、すごくいい」

がつがつを腰を穿ち、クレメンスはダイアナのうなじにきつく吸い付いてきた。その鋭い痛みにすら、被虐の悦びを感じてしまう。

「あ、あぁ、クレメンス……っ」

好きよ、愛している、と叫びたい。

だが、どんなに我を忘れようと、ダイアナのなけなしの理性がその言葉を呑み込ませてしまう。それを口にしたとたん、微妙な均衡を保っていた二人の仲が崩れてしまいそうで――。

せめて、恋する人の名前を連呼する。

「クレメンス、あぁ、すごいの、クレメンス」

「君も、熱くて締まって――最高だ」

刹那、蜜壷がぎゅうっと肉胴を締め上げてしまう。

クレメンスがこの肉体だけを愛しているとしても、得も言われぬ悦びで天にも昇りそうな気持ちになる。

(このままでいい。こうして身体を繋げて、悦びをわかち合えるだけでも、幸せだ……)

クレメンスに出会うまで、幸せという言葉の意味すらわからなかった。

だが、彼から沢山の幸せを教えられた。

それだけで、充分だ。

(欲張りになってはだめ……なにもかも手に入れたいなんて、思っちゃだめ……)

悦楽に真っ白に塗り替えられていく意識の隅で、ダイアナは自分に言い聞かす。

「やぁ、ああ、また……達《い》く……あぁ、またぁ……っ」

「ダイアナ――僕も――終わるよ、いいかい？」

クレメンスの律動がせわしなくなり、脈打つ肉幹がびくびく震えるのを感じる。

「はぁ、あ、あ、来て、あぁ、一緒に……っ」

もはや際限なく感じ切ってしまい、解放されることを切望する。

「ダイアナ――っ」

クレメンスが大きく腰を震わせ、最奥で欲望を放つ。

「あぁあっ、だめぇ、あぁだめぇぇ」

ダイアナは背中を仰け反らせ、びくびくと媚肉を痙攣させて男のものを締め付けた。

いつの間にか朝もやは晴れ渡り、眩《まぶ》しい朝日が顔をのぞかせる。

にわかに辺りに鳥の声や家畜の声がかまびすしくなる。

「……は、はぁ、は、はぁ……」

二人はぴったり身体を繋げたまま、同じリズムで息を弾ませた。

「クレメンス……」

ダイアナは感極まり、潤んだ表情で顔を振り向け、そっとクレメンスの唇に口づけをした。

クレメンスが一瞬、驚いたように目を見開く。

だが、彼はすぐに口づけを仕返し、二人は強くきつく舌を求め合った。

避暑の時期は終わりに近づいていた。

一面の麦畑が、小麦色に染まり始める。

もうすぐロンドンに戻るため、クレメンスは農場の書斎で書き物の整理をしていた。

ダイアナは昼食の後、クララと共に森にベリー摘みに出かけていた。

「沢山摘んで、クララに美味しいベリーパイを焼いてもらうわね」

彼女は頬を染め、少女のように目を輝かせた。

その笑顔が心から愛しい——と思う。

強奪するように結婚した当初、ダイアナは初めて世間に連れ出され、びくびくおどおどしていた。硬い殻に閉じこもって、クレメンスににこりともしなかった。

クレメンスは辛抱強く待った。

十余年も暗い修道院に閉じ込められてたダイアナの頑《かたく》なな心を、ゆっくりと開かせていったのだ。

農場暮らしで、ダイアナはすっかり若い娘らしい生き生きした明るさを取り戻した。ここに連れて来てよかった、と思う。

だが、クレメンス自身も気持ちが緩み、つい自分の生い立ちを話してしまったのは、失敗だったかもしれない。ダイアナは同情してくれたようだが、クレメンスがなぜ辛酸を舐める青春時代を送らねばならなかったか、真実がわかったら——。

クレメンスは首を振って手紙の束を書類カバンに詰め始めた。

その中の、一通の手紙を手に取ってじっと見た。

アメリカからの手紙だ。

いつかはこのときがくるとわかっていたが、慎重にことを運ばなければならない。

ダイアナには決して真実を知らせてはならない。

彼女の笑顔を守るためなら、クレメンスは実の親でも裏切るだろう。


——新春。

二人が結婚して、一年近くが経とうとしていた。

タプローの農場では、週末に訪れたクレメンスとダイアナが、アークトゥルスの騎乗馴致《きじょうじゅんち》訓練を見学していた。

すっかり立派な体格に成長したアークトゥルスは、マシューにハミと長い手綱を装着され、円形の小馬場で駈け足運動をしていた。

アークトゥルスの汗ばんで光る灰色の皮膚の下の筋肉が波打ち、長いたてがみと尻尾が緩やかに風になびく。

柵の向こう側から熱心に見ていたダイアナは、ほーっとため息をつく。

「なんて美しいの……馬って神様が作られた動物の中でも、最高に美しいわ」

ダイアナに寄り添っていたクレメンスが深くうなずいた。

「僕もそう思う。あの無駄のない身体つきを見てごらんよ」

それから、クレメンスはちらりとダイアナの横顔を見た。

「でも、一番美しい造形は、君だけれどね」

ダイアナはぱっと頬を染め、クレメンスを睨《にら》んだ。

「もうっ、マシューもいるんだから、そんなこと言わないで」

クレメンスは肩を竦めて微笑む。

そこへ、鞍《くら》を着けたアークトゥルスを引いて、マシューが近づいてきた。

「どうです、奥様。私が手綱を引きますから、アークトゥルスに、初乗りしてみませんか？」

ダイアナは歓喜に顔をほころばせた。

「えっ？　私が乗ってもいいの？」

クレメンスも促した。

「もうアークトゥルスはだいぶ仕上がってるようだから、少し乗ってみるといい。君の馬なんだから」

「ああ、どきどきするわ」

ダイアナは逸《はや》る胸を抑え、柵の内側に入った。

クレメンスが彼女を抱き上げ、鞍に横座りに座らせてくれた。

「次までに、乗馬用のキュロットスカートを作らせよう。アークトゥルスは君にとても懐いているから、すぐに乗りこなせるようになるよ」

ダイアナは少女のように目を輝かせた。

「嬉しい！　あなたとアークトゥルスに乗って、遠乗りに行くのが夢なの」

馬の背中は思った以上に高く、視界が広くなった。

「では、奥様。アークトゥルスのたてがみをしっかり握っていてください。ゆっくり何周かしますから、もしご気分が悪くなられたりしましたら、すぐに言ってください」

「わかったわ」

おもむろにアークトゥルスが歩き出す。

「わあ！」

ダイアナは歓声を上げた。

馬が歩くたびに上下に鞍が揺れる。その動きは、いつぞやロンドン動物園でクレメンスと乗ったゾウの動きと似ている。あのときの興奮とどきどき感を思い出すと、胸が熱くなる。

「結構揺れるだろう？　本格的に乗るときには、その上下運動に合わせて人間も腰を浮かさないと、お尻が痛くなるんだ。端で見ているより、乗馬はハードな運動なんだ」

柵にもたれたクレメンスが声をかける。

「ほんとうね、なんだか馬酔いしそうよ」

ダイアナは落ちないように、力を込めてたてがみを握り直した。

そのときだ。

アークトゥルスが何かに躓《つまづ》き、かくんと前脚をよろけさせた。

「あ……？」

突然前のめりになって、ダイアナは思わず両手を離しそうになった。

「ダイアナ⁉」

クレメンスが鋭く名前を呼んだ刹那、彼女はずるっと鞍から滑りかけた。

「奥様⁉」

マシューが慌ててアークトゥルスを止めた。

さっと柵を跳び越え、こちらに走ってくるクレメンスの姿がぼんやりと見えた。

ダイアナが落馬する前に、クレメンスが危うく彼女を抱き止め、自分の身体で庇《かば》うようにして地面に転がった。

ごつんというにぶい打撲音が聞こえたような気がした。

ダイアナは何が起こったか、一瞬わからなかった。

「奥様！　旦那様！　お怪我《けが》は？」

マシューが真っ青になってこちらを覗《のぞ》き込《こ》んでくる。

ダイアナはクレメンスの腕の中で、そろそろと顔を上げた。

自分は怪我も無く、どこも痛くない。だが、自分を抱きしめているクレメンスの身体が、ぴくりとも動かないのに気がついた。

「――クレメンス?」

彼は目を閉じ、真っ青な顔で地面に横たわっていた。こめかみから血が流れているの見て、ダイアナは悲鳴を上げた。彼女を庇って倒れたとき、どこかに強く打ち付けたのか。

「いやぁあ、あなた!」

ダイアナはクレメンスの身体にしがみつき、何度も名前を呼んだ。

「クレメンス、しっかりして! クレメンス!」

にわかに自分の意識もふうっと遠のいてしまった。

ダイアナは、クレメンスに折り重なるようにして、ゆっくり頽《くずお》れた。


気がつくと、ダイアナは農場の寝室のベッドに横たわっていた。

目を開けると、クララが真っ青な顔でこちらを覗《のぞ》き込んでいる。

「私……?」

気を失ってしまったのか?

「ご気分はいかがですか? お医者様のお話では、奥様に目立った外傷はないとのことです。でも、どこか痛いところなどございませんか?」

クララが気遣わしげに聞いてくる。

ダイアナはのろのろと身を起こした。クララが介助してくれる。

「私は……大丈夫、痛いところもないし……」

はっと気がついた。

「クレメンスは⁉　あの人、頭から血が流れていたわ、あの人こそ、大丈夫なの⁉」

クララが目を伏せて押し黙ったので、ダイアナは全身の血の気が引いた。

「どうしたの⁉　クレメンスが⁉」

クララにむしゃぶりつくようにして声を張り上げると、彼女は小声で答えた。

「旦那様は——まだ、お目覚めではございません」

ダイアナはベッドから飛び起きた。

「どこにいるの？　あの人はどこ？」

寝間着のまま飛び出していきそうなダイアナに、クララが慌ててガウンを着せかけた。

「客間のベッドにおられます。でも、奥様——」

クララが言い終わらないうちに、ダイアナは脱兎のごとく客間に向かっていた。

息せき切って客間まで辿《たど》り着《つ》くと、扉の前にマシューと医師らしいスーツの男性が立っていた。

「あ、奥様、お起きになってよろしいのですか？」

ダイアナはマシューの質問に答えず、側の医師に食って掛かるように尋ねた。

「夫は？　クレメンスの容態はどうなのですか⁉」

立派な口髭《ひげ》を生やした片眼鏡の医師は、表情を変えず静かに答えた。

「奥様、旦那様はまだ意識が戻りません」

「⁉」

ダイアナはショックで息を呑んだ。

「そ、そんな――」

医師は商売柄か、あくまで落ち着いた態度だ。

「頭の怪我はたいしたことはありませんでしたが、どうやら打ち所が悪かったようです」

ダイアナは目の前が真っ暗になり、その場によろよろとへたり込んだ。

「どうしよう……直るのですか？　意識は戻るのですか？」

医師はわずかに首を振った。

「こうした脳の傷の場合、二日以内に意識が戻らない場合、かなり危険な状態だと言えます。すぐにロンドンの大きな病院に移送された方が、よろしいかと」

ダイアナは衝撃で泣き出しそうだったが、気力を振り絞って立ち上がった。

「では――今すぐ、ロンドンに戻ります。夫はどのように運んだらいいのですか？」

医者はダイアナの健気な態度に、驚嘆したように目を見張った。

「馬車はたいそう揺れます。患者は揺らさないほうがいいですので、担架に乗せて、鉄道で運ぶほうがよろしいかと」

ダイアナは今にも泣きそうだったが、唇を噛み締めて耐えた。

「わかりました。マシュー、誰か領民に頼んで、担架を運んでくれる屈強な男の人たちを急いで探して来て」

「かしこまりました！」

マシューが慌ただしく飛び出していく。

「いろいろありがとうございました」

ダイアナが医者に一礼すると、彼は感服したように言った。

「いいえ、奥様。あなたのような気丈な方の旦那様だ。きっと回復なさりますよ」

ダイアナは強くうなずいた。


意識を失ったクレメンスにぴったりと寄り添い、ダイアナはロンドンに戻った。

担架に乗せたクレメンスを、そのままロンドン王立病院に運んだ。

彼は緊急入院することになった。

一度屋敷に戻ったダイアナは、ヘンリーを始め使用人たちに事情を説明した。

「私はクレメンスが回復するまで、あの人に付き添います。屋敷のことは、ヘンリーあなたに任せるわ。クレメンスの会社の人たちにも、この事態を説明してちょうだい」

ヘンリーは恭しく頭を下げた。

「お任せ下さい、奥様——ですが」

彼は気遣わしげに言う。

「奥様こそ、お身体を壊してはなりません。お辛ければ、ご無理はなさらないように」

ダイアナはきっぱり首を振った。

「私は大丈夫。クレメンスを失うこと以上に、辛いことなどこの世にないわ」


クレメンスが入院した日から、ダイアナは彼の病室に詰めた。

看病するようなことはなにもなく、ただ枕元で彼の病態を見守ることしかできない。

額に包帯を巻き、長い睫毛《まつげ》を伏せて目を閉じているクレメンスの青白い顔は、まるで美しい彫像のようで、もはや生きていない人のようだ。

「クレメンス、お願い、目を覚まして、クレメンス」

ダイアナは、彼の冷たい手を握りしめ、小声で名前を呼び続けた。

今まで、クレメンスを失うことがあるなどと、夢にも思っていなかった。

いつでも彼はダイアナを導く存在だった。

（私はクレメンスに大事にされることが、当たり前みたいに思っていたんだ。なんて、慢心し

ていたのだろう）

ダイアナは悲痛な思いで、胸が切り裂かれるようだった。

あのとき、ダイアナが落馬しそうになった刹那、クレメンスは鬼神のような勢いで駆けつけ、身を挺して自分を救ってくれた。

（もし、逆だったら、私にできるだろうか？　この人を、命をかけて守ることができるだろうか？）

咄嗟にできることではない――ダイアナは首を振った。

（神様。どうかこの人をお救い下さい。どうか、私の命を捧《ささ》げてもかまいません）

握っているクレメンスの手を、何度も優しく擦った。

クレメンスは浅い呼吸を繰り返し、ぴくりとも動かない。


二日目。

クレメンスの意識は戻らないままだった。

水分を少し含ませる程度で口から栄養を摂れない状態なので、医師たちは栄養注射をクレメンスに施すことにした。

だが、注射での栄養補給には限界がある。

このまま目覚めなければ、次第に衰弱していくだけだった。

そのことを医師から話されたダイアナは、端然として聞いていた。

泣くまいと思った。

しっかりしなくては、と必死に自分に言い聞かせたのだ。

クレメンスが負傷してからずっと、ダイアナは涙をこぼすまいと耐えていた。

クレメンスの妻として。

彼に恥をかかせないよう、取り乱すことだけはすまい、と思っていたのだ。


三日目。

クレメンスの端正な顔に、やつれの色が見えてきた。

艶やかだった肌が、かさかさになってきた。

医師たちの表情が暗くなっている。ダイアナは、黙ってクレメンスに付き添っていた。

「奥様、どうかもう少しお食事を摂ってください。このままでは、奥様まで倒れてしまいます」

病室を訪れたヘンリーは、ダイアナの憔悴した姿に驚き、屋敷から様々な食事を運び込ませた。

「ありがとうヘンリー。でも、クレメンスも何も食べられないから。あの人って、美食家だったでしょう？　なんだか悪くて、私ひとりで食べられないの」

ダイアナは弱音を吐くまいと冗談まじりに答えたが、実際食事も咽喉を通らないのが事実だった。

その夜。

ダイアナは、濡れタオルでクレメンスの顔を拭いながら、しきりに話しかけていた。

「ねえ、覚えてる？　初めてあなたが外に連れ出してくれたのを――」

クレメンスの白い顔はぴくりともしない。

「ロンドン動物園――象の背中は大きくて……」

あのときの高揚した気持ちを思い出す。

「あなたも子どもみたいにはしゃいでいたわ――私、あなたの少年みたいな表情に、ぐっときたのよ……」

次の瞬間、ダイアナの感情は限界がきた。

耐えに耐えていた悲しみが、心の防波堤を決壊させたのだ。

「う……あ、ああ――っ」

ダイアナは嗚咽を呑み込もうとした。だが、できなかった。

熱い涙が、どっと溢れてきた。

「あああぁ、クレメンス、クレメンスっ」

ダイアナはクレメンスの手を握って、肩を震わせて号泣した。

「お願い、目を覚まして。愛している、愛してる、愛してる！」

あとからあとから涙がこぼれた。

大粒の雫《しずく》が、ぽたぽたとクレメンスの頬《ほお》を濡らした。

「あなたがいないと、生きていけないほど、愛しているの！」

ダイアナは身も世もないほど、声を上げて泣いた。


「――泣かないで……ドーリィ」

消え入りそうな声がかすかに聞こえた。

ダイアナははっと涙に濡《ぬ》れた顔を上げた。

「泣かないで、可愛《かわい》いドーリィ」

クレメンスの瞼《まぶた》がかすかに震えている。

ダイアナは唇を戦慄《わなな》かせて、声を絞り出す。

「……クレメンス……！」

ダイアナが握っていたクレメンスの手が、ぴくりと動いた。

彼の目が気怠げに開いた。

クレメンスは薄く微笑《ほほえ》んだ。

「僕の、ドーリィ」

ダイアナは溢《あふ》れる喜びと激情で、もはや声も出せなかった。

彼女は静かに涙を流しながら、じっとクレメンスを見つめた。

そのとき、扉をノックして、バスケットを提げたヘンリーが入ってきた。

「──奥様、農場のクララがこちらに参りまして、特別のサンドイッチを作ってくれて──」

ヘンリーがひくっと咽喉を鳴らした。

彼は見つめ合っている二人を見るや否や、バスケットを放り出し転がるように病室を飛び出していった。

「ドクター、ドクター！　早く来てください！　旦那様が、旦那様が目を覚まされました！」

廊下にヘンリーの歓喜の声が響き渡った。


目を覚ましたクレメンスは、当初は記憶の混乱などあったが、ダイアナの懸命な介護のおかげで、数日するとほとんど思考が回復した。

医者たちが驚くほどの回復ぶりだった。

ひと月後、まだ四肢に痺れが残り活発に動くことは困難ではあったが、当人の強い希望もあり、退院することとなった。日常生活を送るほうが、身体能力のリハビリによいという医師たちの判断だった。

杖を突きダイアナに支えられて屋敷に戻っていたクレメンスを、ヘンリー始め使用人たちは嬉し涙で迎えた。

「ああ、旦那様、よくぞご無事でお戻りになりました」

ヘンリーが涙声で恭しく一礼すると、クレメンスはいつもの笑顔で答えた。

「うんヘンリー、心配かけたね。でももう、僕は大丈夫だ」

クレメンスの普段通り艶っぽい澄んだ声に、ヘンリーたちは再度喜びの涙にくれるのだった。

私室に戻ったクレメンスは、ダイアナに介助されながらソファに腰を下ろした。彼は思い切り深呼吸した。

「ああ――やはり我が家はいい」

ダイアナはクレメンスの上着を脱がせてやりながら、彼を気遣う。

「馬車に揺られて、お疲れではない？　少し横になります？」

「いや、大丈夫だ」

クレメンスは、ソファの自分の脇をそっと叩いた。

「ここにお座り、ダイアナ」

「はい」

素直に側に腰を下ろすと、クレメンスがそっと手を取った。まだ以前の力強さには足りないが、ぎゅっと握ってくれる。

「今回の僕の怪我で、君に大変な苦労をかけたね」

ダイアナは彼をひたと見つめ、小さく首を振った。

「いいえ、苦労なんて……」

「ヘンリーから聞いたよ。僕が意識を失っている間、君はカーター伯爵夫人として、気丈に完璧に立ち働いたと――」

「そんな、私なんか――」

突然、クレメンスがちゅっと口づけをしてきた。

「な……⁉」

ふいをつかれたダイアナが目を丸くすると、クレメンスが茶目っぽくウィンクした。

「忘れたかい？　『私なんか』と言うたびに、罰としてキスするって。頭を打ったけど、僕はちゃんと覚えている」

「もうっ……」

ダイアナは嬉しくもこそばゆく、頬を染める。

クレメンスは表情を引き締め、真摯な瞳で見つめてきた。

「君は、なんて成長したんだろう。素晴らしい妻だ。僕の生涯の伴侶だ。ありがとう」

「クレメンス……」

ダイアナは胸がきゅんと締め付けられ、涙が溢れそうになる。

「私こそ、ありがとう。私が自分に自信を持てるようになったのも、他人と関わるのが怖くなくなったのも、外に出て行ける勇気がついたのも、なにより、父の呪縛から解放されたのは、あなたのおかげよ。あなたが、強引にでも私を修道院から連れ出してくれたおかげだわ。私こそ、生涯あなたに感謝してもし足りないわ」

「ダイアナ――」

見つめ合った二人は、どちらからともなく顔を寄せ合い、口づけを交わした。

唇を食むような軽い口づけは、やがて深いものに変わっていく。

「ん……」

クレメンスの舌が口唇を割って忍び込んでくると、ダイアナは待ち焦がれていたように舌を絡めた。

病院ではクレメンスの身体を気遣い、ひと目を憚《はばか》って、おおっぴらに口づけもできなかったからだ。

「ふ……んん、んぅ……」

クレメンスがちゅうっと強く舌を吸い上げてくると、背中に甘い痺れが走った。

彼もダイアナと同じ気持ちだったのか、彼女の身体を抱え込み、飢えたように深い口づけを貪ってくる。

「……ぁ、ん、んんぅ、んっ」

みるみる身体から力が抜けてしまう。

クレメンスのシャツに縋り付き、深い口づけを堪能した。

ようやく長い口づけから解放したクレメンスは、鼻先をダイアナのそれに擦り付け、低くささやく。

「あの病院で――僕はずっと落盤事故で暗いトンネルに閉じ込められている悪夢を見ていた。真っ暗で息苦しく、永遠に閉じ込められているような夢だった」

ダイアナはじっと彼の瞳を見つめる。

「そのとき、どこからか少女の泣き叫ぶ声が聞こえた。この世の悲しみと絶望を、一身に背負ったような悲痛な鳴き声だった――僕はその声の少女を、なんとしても悲しみから救わねばならない、と暗闇を手探りで歩きだしたんだ――やがて、かすかな光が見えて、そこへ向かってどんどん進んだ。泣き声がはっきりし、僕は光に向かって手を伸ばした――そこで、目が覚めたんだ。目の前に、涙に濡れた君の顔があった」

ダイアナは、クレメンスが奇跡的に目を覚ました瞬間をありありと思い出し、また泣きそうになった。クレメンスの瞳も潤んでいる。

「君が僕を呼んでくれた――生き返らせてくれたんだ」

「ああ……クレメンス――」

ダイアナは自分から彼に抱きつき、再びきつく唇を合わせた。

翌日のことだ。

農場から、マシューとクララが揃《そろ》って屋敷を訪れた。

「まあ、二人とも遠くからわざわざ足を運んでくれて、嬉しいわ」

ダイアナは声を弾ませ、二人が控えている居間に入っていった。

初老の夫婦は、部屋の隅で寄り添って身を小さくしていたが、ダイアナが姿を現すと、さっと彼女の前に畏まった。

「若奥様！　この度の旦那様の事故の件、どうか、どうかお許し下さい！」

マシューは背中を丸め声を振り絞る。クララも低く頭を下げる。

「え？」

ダイアナが戸惑っていると、わずかに顔を上げたマシューが、苦悩に満ちた声で言う。

「私がしっかりアークトゥルスの手綱を操作しなかったせいで、奥様が落馬しそうになり、あげくに旦那様にひどい怪我を負わせることになりました。ほんとうに申し訳ありません！　事故の元になった子馬は売却するなり処分しますので、どうか私どもを解雇してください！」

小柄な夫婦はひたすら頭を下げ続ける。

彼らの打ちひしがれた姿に、ダイアナは胸が突かれる思いだった。

「なにを言うの、マシュー、クララ。あの事故は、あなたたちのせいではないわ。ましてや、アークトゥルスの責任でもないわ」

ダイアナはマシューの手を取った。

「事故の日から、あなたたちが毎日交代で病院に通ってくれたのを、私は知っているわ。私やクレメンスのために、農場の新鮮な食べ物を差し入れてくれて——あれは不幸な偶然の事故よ。どうか、辞めるなんて言わないで！」

「お、若奥様、しかし——旦那様のお身体があんな酷いことに——」

マシューはうつむいたままだ。

「私はもう大丈夫だ。マシュー、クララ。お前たちになんの責任もない」

ふいに静かだが力強い声がして、ヘンリーに支えられクレメンスが入ってきた。

「だ、旦那様！」

マシューとクララは、平伏せんばかりにますます頭を低くする。

ダイアナが素早くクレメンスに駆け寄り、ヘンリーに代わってクレメンスを支えた。

「顔を上げなさい、二人とも。あの農場は私の宝だ。そこをしっかり守ってくれるのは、お前達しかいない。私は妻のために身を挺したのだ。私が自分で受けた怪我だ。お前達にはなんの咎《とが》もない」

クレメンスの真摯な言葉に、初老の夫婦は肩を震わせて啜り泣き始める。

「アークトゥルスを処分するなどもってのほかだ。もし、いくばくかの責任を感じるのであれば、早くアークトゥルスを一人前の乗馬馬に育て上げ、私の愛しい妻が乗りこなせるように努めよ」

「ははっ」

「心から感謝します、旦那様」

やっと顔を上げたマシューとクララは、互いの手を取り合って嬉し涙に咽んだ。

「クレメンス……ありがとう。あなたは立派だわ」

ダイアナももらい泣きしてしまう。

クレメンスが軽口を叩く。

「君に感謝される日が来るとは——怪我の功名かな」

「もう——」

二人は目を合わせ、愛情を込めて見つめ合った。


そろそろウールのコートが必要になってきた初冬の頃。

クレメンスは日常生活に不都合ないくらいに、回復していた。

それは彼の懸命なリハビリへの取り組みと、ダイアナの献身的な支えが合ってこそのことだった。

朝、出勤前の玄関ホールで、ダイアナからステッキを受け取りながらクレメンスは何気なさそうに言った。

「今日は、アメリカから大事な取引先が到着するので、夜は商談を兼ねて相手のホテルで食事をすることになっている。もし僕が遅くなるようなら、君は先に休んでいていいからね」

ダイアナは微笑んだ。

「わかりました。お仕事大変ですね。でも、なるだけ起きてあなたを待っているわ」

「嬉《うれ》しいことを――でも、無理しなくていいからね」

二人は互いの頬に口づけを交わした。

クレメンスが出勤すると、ダイアナはいつものように午前中は家庭教師の授業を受け、午後にはサンルームのソファに座り、クレメンスのハンカチにイニシャルの刺繍をする作業に没頭した。

そんなことは使用人がするからいいとクレメンスには言われたが、手遊びに刺繍をしたハンカチに、彼がひどく喜んだのがとても印象的だった。それ以来ダイアナは暇を見つけては、自分で彼のハンカチに刺繍することにしていたのだ。

無心で針を動かしているときだった。

ふいに衣擦れの音がして、サンルームに誰かが入ってきた。

「あら――あなたがヒューズ家の娘さんね？」

聞き覚えのない声をかけられ、ダイアナははっと振り向いた。

戸口に、ブロンドでやや太り気味の中年の婦人が立っていた。

着ているドレスは高価で、若い頃はさぞや美人だったろうと思わせる顔立ちをしているが、表情はなぜか険しい。

「あ――どちら様でしょうか？」

初対面に人見知りするダイアナがおずおずと尋ねると、その婦人は少し強い口調で言った。

「私は、ミセス・ドナルド。クレメンスの、母です」

「えっ？」

ダイアナは慌てて立ち上がった。

今までクレメンスから、父親が亡くなった話は聞いていたが、母親に関しては再婚してアメリカに住んでいるとだけで、何も知らなかったのだ。

予告も無く訪問されるとは、思ってもみなかった。

「し、失礼しました。私はダイアナと申しま――」

「あなたのことは、存じているわ」

ドナルド夫人は無愛想に言った。

彼女はずかずかとサンルームに入って来ると、ダイアナの前に立ってじろじろ値踏みするように見た。

　ダイアナは緊張して声を呑み込んだ。

「ふうん。では、息子はとうとうヒューズ家を潰してやったのね」

　ドナルド夫人がうなずきながら言う。

「あの……どういう？」

　ダイアナはドナルド夫人の言葉の端々に、悪意を感じて身が竦んだ。

　ドナルド夫人は、勧められもしないのにソファに腰を下ろすと、肩をそびやかした。

「昔、うちの農場が借地代を理不尽に値上げされ、私たち一家が追い出された話はご存知かしら？」

「は、はい。クレメンスから――」

　ドナルド夫人は、眉を吊り上げた。

「あら、クレメンスったら、あなたにそんなことを話したの？　では、これは知っているの？」

　ダイアナがきょとんとしたので、ドナルド夫人は、冷たい笑みを浮かべた。

「その強欲な地主が、あなたの父上、ヒューズ侯爵だったたって」

「お父様が!?」

　ダイアナは衝撃を受けて目を見開いた。

ドナルド夫人は、ダイアナの態度を冷ややかに眺める。

「そうよ。ヒューズ侯爵は、鉄道会社に高く土地を売りつけたくて、私たちから農地を取り上げたのよ。可哀想《かわいそう》に、病気だった私の夫は、そのショックで死んでしまった。一文無しになった私とクレメンスは、着の身着のままでアメリカに渡ったのよ。クレメンスは、それはそれは苦労して働き、奨学金を得て大学に通い、アメリカでひと財産築いたわ。あの子が、わざわざイギリスに戻ったのは、ヒューズ家に復讐《ふくしゅう》するためよ！」

「！」

ダイアナは暴かれた恐ろしい真実に、頭ががんがん痛んだ。

「復讐……？」

ドナルド夫人は提げていたバッグから紙巻き煙草《たばこ》を取り出し金のホルダーに差すと、マッチで火を点けて、深く吸った。煙を吐き出しながら、彼女は勝ち誇ったように笑う。

「あなたのお父様は、投資に失敗して家の財産を使い果たしていたの。クレメンスは莫大《ばくだい》な財産を築いていたから、金に困った侯爵から、屋敷も土地も爵位も購ったのよ。そして、あなたも——」

ドナルド夫人は、紙巻き煙草でダイアナを指した。

「一人娘を手に入れ、ヒューズ家の家名はこれで潰えたってわけだわ」

ダイアナは、後頭部を鈍器で殴られたような衝撃を受けた。

「そんな……そんなこと……」

クレメンスが自分と結婚したのは、ヒューズ家の家名や財産目当てだとは思ってた。

だが、彼の目的はもっと陰惨なものだったのだ。

ヒューズ家への復讐。

父からすべてを奪い、一人娘のダイアナを手中に収め、クレメンスは復讐を果たしたのだ。

血の気を失い真っ青になったダイアナに、ドナルド夫人は追い打ちをかける。

「私はあっちで良い方とご縁があり再婚したので、息子とイギリスには戻らなかったの。先だって、商工会議所から夫が持ち帰った古い『ロンドンタイムス』を読んでいたら、息子とあなたの写真が載っていたのよ。新婚というキャプションがついていて。それで調べたら、息子がヒューズ家の娘と結婚したことを知ったわ。私はこちらに行きたいと、何度もクレメンスに手紙を送ったのだけれど、その度に、多忙を理由に断られてしまった。そこにヘンリーから、クレメンスが大怪我をしたという知らせが届いたの。回復したと聞いて、もういてもたってもいられなくなって、思い切って渡英したのよ。屋敷に来てみれば、あなたがのほほんと幸せそうな顔をしているもので、あんまり口惜しくて、真実を教えてあげたのよ！」

ダイアナは茫然自失として、よろめいて暖炉に縋り付いた。

「母さん！」

慌ただしい足音と共に、突然クレメンスがサンルームに駆け込んできた。彼はそうとう急いで来たらしく、息が上がっている。

「どうしてホテルにいないんだ⁉　僕がホテルに電報を打ったはずだろう？　そこで待っていてくれって。なぜ、屋敷にいきなり――」

クレメンスは、虚脱状態で暖炉に寄りかかっているダイアナの姿に、はっと言葉を呑み込んだ。

「ダイアナ――」

ダイアナは顔を背けた。とてもクレメンスの顔をまともに見られない。

ダイアナの我を失った様子に、クレメンスの声が震えた。

「母さん、彼女になにか言ったのか？　ダイアナは僕の妻なんだぞ」

ドナルド夫人は、クレメンスの血相を変えた様子に不服そうに答えた。

「だって――お前だって、私たちを不幸にしたヒューズ家を憎んでいたはずじゃないの。財産を成して、奪われたものをすべて取り戻すんだって、ずっと言っていたでしょう？」

「それは――あのときはそう思っていたが……」

ダイアナはもはや、彼らの会話を聞くことに耐えられなかった。

「私――気分が悪くて……失礼します」

よろよろとサンルームを出て行こうとすると、クレメンスが咄嗟に腕を掴《つか》んだ。

「ダイアナ、聞いてくれ、僕は――」

ダイアナは思わず手を乱暴に振り払った。

今までそんなはっきりした拒絶の態度を見せたことがなかっただけに、クレメンスはショックを受けたように身を強ばらせた。ダイアナはそのまま振り返らず、自分の部屋に駆け込んだ。

扉に鍵をかけ、うつ伏せにどさりとソファに倒れ込んだ。

(家名と財産目当ての結婚だとわかっていた。それでもかまわなかった。クレメンスの優しさはほんものだと思ったから……やっと心が通い合ったと思ったのに――なのに、クレメンスは復讐のために私と結婚したなんて――あの人はずっと、私を憎んでいたんだわ！)

心がずたずたに切り裂かれるような気がした。

今まで、クレメンスが見せた優しさや思いやりある態度が、すべて偽りだったなんて――。

(世間知らずの私が、うまうまとクレメンスの思い通りになるのを、あの人は心の中で笑っていたの？)

ぽろぽろと悔し涙がこぼれた。

クレメンスに身も心も奪われている自分が、口惜しくせつなかった。

声を上げて泣き崩れた。

扉を何度がノックされたが、返事はしなかった。

ダイアナは夕方まで部屋に籠もっていた。

あまりに泣き過ぎて、頭がぼんやりとしてしまった。

ふいに、部屋の反対側の扉が開いた。

ダイアナはぎくりと起き上がる。

クレメンスが立っていた。部屋の灯《あか》りが点っていないので、彼の表情はよく見えない。

「ダイアナ――」

寝室を挟んで、クレメンスの私室の方からこちらに入れることに、やっと思い至った。クレメンスが中に入ろうとしたので、ダイアナは悲鳴のような声を上げた。

「近づかないで！」

クレメンスがその場に立ち尽くした。暗い部屋の中でも、彼の顔が血の気が失せて真っ白になっているのがわかる。

「母は説得して、ホテルに帰ってもらったよ。彼女も僕に叱責されて、少し反省している――言い過ぎたと。母は父が死んだのは、ヒューズ家のせいだと恨んでいるんだ。だから、君に酷いことを口走ってしまったんだ。許してくれ」

ダイアナは固い声で答えた。

「なにを謝ることがあるの？　あなたは復讐を果たしたのでしょう？　私に気を遣うことなんて、なにもないでしょう？」

クレメンスの顔が苦痛に歪《ゆが》んで見えるのは、錯覚だろうか。

「ダイアナ、聞いてくれ」

ダイアナは首を振った。

「もう何も聞きたくないわ！　あなたの言葉は、信じられない。少しでも、あなたが私に気持ちを寄せてくれているなんて、思い込んだ私が愚かだったのよ」

「ダイアナ、僕は――」

クレメンスが一歩近づこうとしたので、ダイアナは思わず手元のクッションを彼に投げつけていた。自分がそんな激昂《げっこう》する人間だとは、思いもしなかった。

「出て行って！　一人にして！　今の私は、なにをするかわからないわ！」

ダイアナは、生まれて初めてといっていいほど、感情を爆発させていた。今まで、運命に流され諦めていた自分の中に、こんなにも熱い激情の奔流が潜んでいたことに、我ながら驚く。

それほど――クレメンスを愛してしまっていたのだ。

怒りに震えて彼を睨むと、クレメンスは見たこともないようなせつない表情をした。まるで、傷ついているのは自分だと言わんばかりだ。

「君は我を忘れている――もう少し落ちついたら、話し直そう」

クレメンスは小声で言うと、背中を向けた。いつも背筋をぴんと伸ばし端然としている彼の背が、力なく丸まっている。

その背中を見たとたん、ダイアナは飛びついて抱き締めたい衝動に駆られた。

（復讐でも嘘《うそ》でもなんでもいい――あなたが好きなの！　好きで好きで堪《たま》らないの！）

もう少しで叫びそうになった。

その刹那、扉がぱたんと閉まった。

ダイアナは呆然《ぼうぜん》と扉を見つめ、再び滂沱と涙を流すのだった。


崩壊は一瞬だった。

クレメンスはダイアナの部屋から出て行くと、誰もいないサンルームの窓際に立ち尽くしていた。

母とは少し言い争ったが、我が子を心から愛している彼女は息子の説得に折れて、ホテルに引き上げてくれた。

ヘンリーに命じ、ダイアナにも自分にもかまわないよう使用人たちにも通達させた。だから、もはや夕陽の名残だけの薄暗いサンルームに、灯りを持ってくる者もいない。窓硝子に、苦悩に歪む自分の顔が映っている。

「なんということだ――」

母がアメリカからこちらへ来たいという手紙を寄越《よこ》したときから、クレメンスはなんとか母の渡英を阻止し、ダイアナと顔を合わさないようにと手を回した。

母はアメリカで裕福なアメリカ人と再婚し、今はそれなりに満たされた生活を送っている。

ヒューズ家への恨みはあるものの、クレメンスがヒューズ家の爵位や家屋敷を手に入れたことで、母の気持ちも和らいでいると思っていた。

だから今回、どうしてもこちらへ来るという母とはホテルで会い、適当にお茶を濁して帰国してもらおうと算段していた。

よもや、ホテルで待つという約束を反古にして、直接屋敷に乗り込んで、ダイアナに恨みつらみを吐き出すとは予想していなかった。

やはり、それほど母の恨みは深かったのだ。

確かに、まだ少年だったクレメンスと違い、当事者として愛する夫も家も土地も失った母の傷心はいかほどだったろうと思う。

アメリカで、どん底の生活から這い上がっていこうとしていたときのクレメンスも、復讐心が生きる原動力だったことは否めない。

だが、それより彼には希望があった。

いつか、ダイアナを救いにいくこと。

彼女を幸せにすること。

病院で初めて出会ったとき、彼女の名前も知らないのにすでに恋していた。ヒューズ侯爵の娘だと知って、鈍器で頭を殴られたようなショックを受けたが、それ以上に、彼女が愛おしかった。

ある意味、ダイアナもヒューズ侯爵の被害者だった。

ダイアナを救うことが、自分自身の救済に繋《つな》がったのだ。

――ずっと彼女を愛していたのだ。

有無を言わさず彼女と結婚したとき、クレメンスは天にも昇る心地だった。

ここから、二人の新しい人生が始まるのだと。

だが――。

復讐心をダイアナに隠し、彼女に真実を告げずに偽りの幸せを積み上げようとしたつけが、一気に来たのだ。

「ダイアナ――」

クレメンスは唇を噛《か》み締《し》めた。

幸せにするつもりが、修道院に閉じ込めるより残酷に、彼女を傷つけてしまった。

胸の底が、鋭い刃物で抉られるように痛んだ。


「旦那様――ご命令を破り、申し訳ないのですが……」

何時間も窓際に立ち尽くしていたらしい。

オイルランプを片手にしたヘンリーが入ってきて、控え目に声をかけてきた。

「ああ、すまないヘンリー。今、何時だ?」

クレメンスは我に返った。

「もはや、夜八時を回っております。旦那様――それより、ダイアナ様が見当たりません」

「なんだと⁉」

クレメンスは思わず声を張り上げた。

ヘンリーが青ざめた顔でいう。

「部屋を覗かないようにとのご命令でしたが、どうしても心配でメイドに命じて先ほど、奥様のご様子をそっと伺わせたのです。奥様は、お部屋におられませんでした。慌てて、使用人たちと屋敷中探したのですが、どこにもおられないのです」

「ダイアナが、まさか――？」

クレメンスは不吉な予感に、全身の血が引いていくような気がした。


（クレメンスのお母様の話が真実かどうか、どうしても確かめたい――！）

ダイアナは、夜の街を夢中で歩いていた。

ガス灯が煌煌と点った大通りは昼間のように明るく、歩くのに不便は無かった。その代わり、乗り合い馬車、辻馬車《つじばしゃ》、荷車、行商人などがひしめいて行き交い、混雑と騒音で、地獄の釜の蓋が開いたような騒ぎだった。

一人で街を出歩いたことのないダイアナは、渋滞状態のロンドン橋を渡るだけで、一時間以上かかってしまい、気疲れでへとへとになってしまった。

悲痛のどん底に落ちていたが、クレメンスの母の話の確証が欲しい、そう思い詰め、小さなバッグひとつ提げて、こっそり屋敷を抜け出した。使用人たちは言い含められていたのか、皆ひっそりと屋敷の並びの使用人部屋に引き下がっていて、誰にも見とがめられずに逃げ出すことができた。

意を決すると、側に通りかかった辻馬車に手を上げて止めた。


行き先は、ヒューズ家の屋敷だった。

屋敷の前で馬車を下りたダイアナは、玄関口でしばらく立ち尽くしていた。

ここに来るのは十余年振りだ。

父に屋敷から引《ひ》き摺《ず》り出《だ》され、修道院に行く馬車に押し込まれことを、ありありと昨日のことのように思い出した。もう二度と、ここに戻ることはない、と思っていた。

父と対面すると思うと、根深い恐怖で足が竦みそうになる。

ダイアナはキッと顎を引き意を決して、玄関扉のノッカーを叩いた。

何度か叩いたが、何の応答もない。

そっとドアを押すと、軋みながら開いた。

ダイアナはおそるおそる、中に入った。

屋敷の中は灯りも無く、そこら中にほこりが溜まり、荒んだ雰囲気だ。

「誰も、いないのですか？」

声をかけてみたが、使用人の姿もない。ダイアナの脈動が不安と恐怖で速まる。

ただ、廊下の奥の居間の扉が半開きになっていて、そこからかすかな灯りが漏れているの見えた。

足音を忍ばせてそちらに向い、扉の中を覗き込む。

居間のテーブルに、灯りの点った燭台《しょくだい》がひとつ乗っている。テーブルに誰かが顔を伏せるようにしてうずくまっている。

「――お父様……？」

うずくまっていた人物が、ぴくりと肩を竦め、のろのろと身を起こした。

「――ダイアナ、か？」

声がひどく掠《かす》れ、しゃがれている。

「――」

ダイアナは息を呑《の》んだ。

以前、クレメンスの屋敷でちらりと見た後ろ姿とは、別人のようにやつれている。

着ている上等のスーツは、あちこちすり切れて油染みが浮き、恰幅《かっぷく》のよかった身体が縮んだせいか、ぶかぶかだ。

父は髪が薄くなり、無精髭を生やし、見る影も無く老け込んでいた。

そこには、威圧的で厳格な父の姿はなかった。

ダイアナは、まっすぐ父を見据えて言った。

「お父様……私、どうしても聞きたいことがあって、思い切って参りました」

父は目をしょぼつかせ、テーブルの上に転がっていた酒瓶に手を伸ばした。

「なんだ？　お前はあの富豪の男とうまいことやっているのだろう？」

彼は直に酒瓶に口をつけて、ひと口呷った。

「そのクレメンスのことよ。お父様は、彼のご両親の農場を、汚い手を使って取り上げたって、ほんとうなの？」

父はしばらく無言でいた。ダイアナは、唇を引き締め、まっすぐ彼を睨《にら》んだ。

やがて父は気怠げに言う。

「それが、どうした？　ヒューズ家は何代にも渡る負債が嵩《かさ》んでいた。私は金が必要だったんだ」

ダイアナは、全身の血がかあっと燃え上がるような怒りを覚えた。

拳をぎゅっと握りしめ、必死で平静な声を出そうとした。

「ひどいわ！　あの家族が、どんなに辛酸を舐《な》めたか！　クレメンスが、どんなに苦しんだかだが最後の方は激昂してしまい、言葉に詰まってしまう。

「——ひどい、ひどい、お父様……！」

父はのろのろと酒瓶を振った。もう一雫も残っていないようだ。

「ふん、だが、あいつは金持ちになり、私からすべてを剥ぎ取った。この屋敷も競売に掛けられ、明日には出ていかねばならない。あの成金は、満足だろうよ」

自嘲とも悔し紛れとも取れる口調だ。

ダイアナは足が震え、もはやここに一秒でも停まることが、耐えられなかった。

「わかりました——私も、もう二度とここに来ることはないでしょう」

ダイアナは踵《きびす》を返した。

「待て——ダイアナ」

ダイアナははっと肩越しに顔を振り向けた。

もしや、父からクレメンスへ謝罪の言葉が聞けるのか？

「いくらか持ち合わせがあったら、置いていけ」

「……」

ダイアナは手提げバッグから幾枚かのポンド札を取り出すと、無言で側の小卓の上に置いた。

そのまま、まっすぐ前を向き、居間を出て行った。

……！」

屋敷を出たとたん、堪えていた涙があふれてきた。

（なにもかも、真実だった――私の家が、クレメンスの人生をめちゃくちゃにしたんだ……！）

ダイアナは嗚咽を噛み殺し、闇雲に歩いた。

（ごめんなさい、クレメンス！　父を、私たちを許して！）

彼への愛と罪悪感で、頭が灼《や》け付きそうに混乱していた。


はっと気がつくと、知らない路地に迷い込んでいた。

蜘蛛の巣のように大通りと路地が張り巡らされたロンドンで、地の利を得ないダイアナは、たちまち道に迷ってしまったのだ。

舗装されていない路地や脇道、袋小路を右往左往しているうちに、ますます自分が今どこにいるのかわからなくなってしまう。

傾きかけた家屋がひしめき、石畳が剥《は》がれ、ぬかるんだ路地に生活排水が垂れ流しになって腐敗臭が漂っている。道端のそこここに、ぼろを纏《まと》った痩せた人々がうずくまり、暗い目でこちらを見ている。

ダイアナは自分が危険な地区に迷い込んだことに気がつき、立ち往生した。

通りかかる住民たちが、明らかに場違いなダイアナをじろじろと眺めていく。

屈強そうで酔って赤い顔をした男たちが、野卑な言葉を投げかけていく。

ダイアナは怯え竦《すく》み上《あ》がった。

とにかくこの地区から出ようと、闇雲に歩き出す。

すでに足は棒のように強《こわ》ばって、急いでいるつもりが少しも進んでいない。恐怖と心細さと疲れで、ふらふらになった。

息が切れてしまい、途中で崩れかけた壁にもたれて胸を押さえていると、一人の男が声をかけてきた。

「お嬢さん、どうしました？」

ダイアナははっと顔を上げた。

身なりの整った紳士らしい小太りの中年の男だ。言葉遣いもきちんとしている。

「わ、私……道に迷ってしまって……」

口ごもりながら言うと、その紳士はいかにも同情したような顔をする。

「それは大変だ。あなたのような妙齢の乙女が、こんな危ない地区へ入ってはなりません。おうちまでお送りしましょう」

ダイアナは心底ほっとした。

「あの――大通りまで案内してくだされば……」

「わかりました。とにかく、ここを出ましょう」

紳士が腕を差し出したので、もはや体力の限界だったダイアナは、思わずその腕に縋《すが》った。

紳士に支えられるようにして、狭い路地を歩き出す。

「こうして近くで見ると、ほんとうにお綺麗《きれい》ですな」

紳士の視線が不遠慮になってきて、ダイアナは顔を伏せた。

しばらく無言で歩いているうち、ダイアナは目の前の道がロープを張り巡らせて、行き止まりになっているのに気がついた。

「あ、あの……？」

思わず足を止め、紳士の顔を見上げた。

「で、お幾らかな？」

紳士が腕にかかっていたダイアナの手を、いきなりぎゅっと握ってきた。

「え？」

ダイアナは戸惑って首を傾け、手を引こうとした。

「とぼけてもらっては困るな。どこでそんな上等のドレスを手に入れたか知らないが、なかなか様になっているところを見ると、どこぞの貴族の私生児かなにかかな。正に掃き溜めに鶴だ。いくらでも払うぞ」

突如紳士は豹変し、乱暴にダイアナを煉瓦の壁に押し付けてきた。

「きゃっ！　何をするのっ？」

ダイアナは悲鳴を上げて身を捩《よじ》った。

それまで、クレメンス以外の男性に接触する機会はなかった。それがこんなにも生理的に気味悪く恐ろしいこととは、思わなかった。

「離して、離して、触らないで！」

「何を今さら——ここは開発中の地区で、夜は誰もいないよ。知っていて付いてきたんだろう？」

男の力は意外に強く、華奢《きやしや》なダイアナは体重をかけて押さえつけられると、身動きできなくなった。

「客を取るのは初めてか？　では、優しくしてやろう」

男の手がねっとりと頬を撫《な》でた。全身が恐怖でがくがくと震えた。

「いやっ、やめて！　誰か！　クレメンス、クレメンス！」

泣き叫ぶダイアナのスカートを、男が乱暴に捲《めく》り上《あ》げる。下履きに手がかかる気配を感じ、ダイアナは足をばたばたさせて必死で抵抗した。だが、長時間街を彷徨っていたダイアナは、すでに体力が尽きかけていた。

「大人しくしないと、ほんとうに痛い目にあわすぞ」

男にすごまれ、ぐったりと身体の力を抜いてしまう。

「そうそう、いい子だ」

男が息を荒くして、身体をまさぐってくる。

ダイアナは涙で潤んだ目で夜空を仰ぎ、唇を引き締めた。

（もう、舌を噛んで死んでしまおう。そうよ、私を必要としている人なんかいない。行くところもない。いっそ死んでしまったほうがましだわ）

目をぎゅっと瞑り、舌を突き出して歯で挟もうとした。

（ごめんなさい、クレメンス。父があなたの人生を台無しにしてしまったこと、ほんとうに、ごめんなさい——）

最後にダイアナは、心を込めて思った。

（あなたを愛しているわ……さようなら……）


「ぐうっ⁉」

ふいに男がくぐもった唸り声を上げた。

押さえつけていた力が抜け、どさりと足元に重いものが倒れ込む音がした。

ダイアナははっと目を見開いた。

地面に男がうつ伏せに倒れていた。

そして、目の前に——。

真っ青な顔のクレメンスが立っていた。

「あ――」

ダイアナは呆然として声を呑んだ。

「来るんだ」

クレメンスが殺気に満ちた冷ややかな声を出す。

どうしていいかわからず立ちすくんでいると、クレメンスがぐいっと手首を掴んだ。そのまま彼は先に立って、足早で路地を歩き出した。

「ク、クレメンス、あの人は？　こ、殺したの？」

引《ひ》き摺《ず》られて足をもつれさせながら、ダイアナは肩越しに、倒れたままぴくりともしない男を見やった。

「腹に一発お見舞いしただけだ。そのうち目が覚めるだろうよ。ほんとうはぶち殺してやりたかったがね」

クレメンスは背中を向けたまま、固い声で答えた。

彼はそのままダイアナを連れて、曲がりくねった路地を足早で抜けた。

気がつくと、明るく賑やかな大通りに出ていた。

馬車や人々が何ごともないように行き交っている。

（ああ――助かったのだわ）

規則的に並ぶ街灯の灯りに、心からほっとした。

クレメンスは、十字路の真ん中に立つ大きな給水ポンプ塔まで来ると、やっとダイアナの手を離した。彼はくるりと振り向くと、激怒した声を出す。

「なんて愚かなんだ！　一人で夜の街に出て行くなんて！」

震え上がるほどの大声で怒鳴られ、心の緩んでいたダイアナはどっと涙が溢《あふ》れてしまう。彼に怒鳴られることは、初めてだった。

「だって……だって」

クレメンスはさらに声を張り上げる。

「だってじゃない！　君みたいな初心《うぶ》な世間知らずは、僕の庇護の元にいるべきなんだ！　なんのために結婚したんだ！　君を一生、僕が守るためじゃないか！」

ダイアナは、最後のせりふに驚いて息を飲んだ。

「え？」

クレメンスははっと興奮から醒めたように口を噤《つぐ》んだ。

「クレメンス……？」

ダイアナは彼の表情を窺った。

クレメンスは耳朶《じだ》まで真っ赤に染めている。怒りは影を潜めていた。

「――その、間一髪だったが、無事でよかった」

彼はそれまでの勢いはどこへやら、口の中でもごもごとつぶやいた。

「屋敷中の者と警察まで依頼して、君を探していた——君の父上の屋敷にも赴いた。そこで、君がついさっき出て行ったと知った。幸い君は目立つ容姿をしているから、通行人に尋ねまわって、路地に迷い込んだ君を全力で追いかけたんだ」

ダイアナはクレメンスの真意をはかりかねた。

「だって——あなたはヒューズ家への復讐を果たしたのでしょう？　もう、私なんか必要ないはずよ」

クレメンスはうつむいて首を振る。

「君が必要なんだ」

「復讐心を満足させるため？」

ふいにクレメンスはキッと顔を上げた。

「君を幸せにしたいんだ」

ダイアナは混乱した。

「でも、憎むべき父のせいで、あなたたち家族の人生がくるってしまったのよ」

「もう、誰も憎くない」

ダイアナは彼の真意を確かめたくて、じっとクレメンスを見つめた。クレメンスが見返してくる。

彼の青い瞳は澄んでいて、もはや怒りも憎悪もなかった。ただ少しだけ、哀しみの色が宿っている。

クレメンスは静謐《せいひつ》な声で言った。

「あの父上がいなければ、君は生まれていない。愛する者を生み出してくれた人に、もう憎しみはない」

「!?」

ダイアナは心臓がどきんと高鳴った。にわかに全身の血が逆流するような高揚感に襲われる。

クレメンスの次の言葉を息を詰めて待った。

彼は一瞬逡巡し、それからひと言ひと言噛《か》み締《し》めるように言った。

「愛しているんだ――君を」

せつなく甘く痺《しび》れるような幸福感が、ダイアナの身体中を駆け巡り、動悸が激しくなる。

嬉しくて嬉しくて、今すぐクレメンスに縋り付きたいのに、一抹の不安がそれを押しとどめ、確認するようにおずおず問いただしてしまう。

「嘘、でしょう?」

クレメンスが苦痛とも甘美とも取れる表情をし、それから蕩《とろ》けるような声で言った。

「どうして？　君を、父親の束縛から解放してあげたかった。どこにいても、君を想《おも》っていた――母の死で泣いている君を見たときから」

「っ――」

驚きと感動と、身体中から溢《あふ》れる愛で、ダイアナは気が遠くなりそうだった。

声が震えた。

「あのときの、病院の少年は、やっぱりあなただったのね？」

「そうだ。ずっと、君を愛していた。可愛いドーリィ」

「あ、ああ……クレメンス」

新たに溢れたのは嬉し涙だった。

二人は静かに見つめ合い、絡み合う視線の中に幾ばくかの緊張と溢れる恋情があった。

この気持ちをどう表していいのかわからず、ダイアナはクレメンスに歩み寄り、彼の首に両手を回してぎゅっと抱きついた。

「クレメンス、クレメンス……私だって……あのときの少年を、ずっとずっと想っていたのよ……！」

「ダイアナ――」

クレメンスが声を詰まらせ、ダイアナの身体をきつく抱きしめた。

「僕を許してくれ。君の弱みに付け込んで、攫うように結婚を強要した。どうしても、どうしても、君を僕のものにしたかった。憎まれても疎まれても、君を欲しかった――」

ダイアナはこぼれる涙でクレメンスの頬《ほお》を濡《ぬ》らしながら、首を振る。

「いいえ、いいえ――どんなあなたでも愛しているわ。愛してしまったの。もう、あなたがいないと生きていけないくらい、愛している……！」

クレメンスが顔を少し引き、間近でダイアナを凝視した。

彼の青い目が潤んでいる。

「ああ、その言葉をどんなに待ち焦がれていたか——ダイアナ、愛しているよ」

そっと唇を塞がれる。

「ん……ふ……」

こんな甘美な口づけは初めてだと思うほど、めくるめく陶酔に頭が真っ白になった。

瞬時に周囲の景色も物音もかき消え、クレメンスの体温と鼓動と絡んでくる熱い舌だけしか感じなくなった。

二人は互いの魂を奪い合うかのように、きつく深く口づけを交わした。

身体中から力が抜けてしまい、クレメンスがようやく唇を離したときには、ダイアナは彼の腕に縋るだけでも精一杯だった。

「二度と離さない。どこにもやらない。僕の側で幸せになれ」

「はい……」

夢ではないかと疑うくらい幸せだった。

「——ブラヴォー！」

「お幸せに、お二人さん！」

突然、周囲から歓声と拍手が湧き上がり、二人は驚いて身体を離した。

十字路の周囲に、山のような人だかりができていた。

馬車まで止まって、乗客が中からこちらを見ている。

「まるで一幕のお芝居でも見ているようでしたよ、よかった、ハッピーエンドで」

山高帽の品のいい紳士が、拍手しながら声をかける。

「奥様、どうぞ末永くお幸せにね」

中年の貴婦人が、ハンカチで目を拭いながら言う。

「あ――」

そのとき二人はやっと、人通りの多い往来で人目も憚《はばか》らず言い争い、愛を告白し、抱き合ったことに気がついた。

互いにばつが悪く、赤面して顔を逸《そ》らした。

「――旦那様、若奥様。御無事でなによりでした」

囲んでいた人混みをかき分け、ヘンリーが一人の警官と共に姿を現した。

「馬車を手配しました。どうぞ、お屋敷へお戻り下さい。使用人たちには、先に戻るよう言いつけましたので、ご到着のころには軽食や入浴の用意も調っておりましょう」

どうやらヘンリーも一部始終を見ていたらしい。クレメンスは照れ隠しか、咳払いをしながら答えた。

「うん――すまない、ヘンリー」

警官が集まっていた通行人たちに手を振った。

「さあさあ、皆さん。そろそろ解散してください。ただでさえこの通りは、交通渋滞で頭が痛いんですから」

人々がどっと笑い、三々五々に散っていく。

クレメンスはダイアナの手をしっかり握り、いつものような落ち着いた声で言った。

「帰ろう。僕たちの屋敷に」

ダイアナはこっくりとうなずいた。

もはや自分の帰るべき場所は、そこしかあり得なかった。


二人で屋敷に戻ると、使用人たちが勢揃いして玄関アプローチで出迎えてくれた。

「ああ、奥様ご無事で何よりです！」

「よくぞ、戻られました！」

皆が一様に嬉し涙を浮かべている。

そのときダイアナは、自分がすでにカーター家の女主人として皆に受け入れられていることをしみじみと実感した。

「みんな、心配かけてごめんなさい。もう二度と、黙って出ていったりしないわ」

ダイアナは真心を込めて彼らに声をかけた。

夫婦の部屋で二人きりになると、クレメンスがサイドボードからとっておきの林檎酒の瓶を取り出し二つのグラスに注ぎ、ひとつをソファに座っているダイアナに差し出した。

「少しお飲み。疲れが取れるから」

ダイアナはグラスを受け取り、芳醇な林檎酒をひとくち含んだ。

「ああ、身体に染みるわ……」

暖炉にもたれたクレメンスは、自分もグラスを舐めながら、しみじみした口調で言った。

「それにしても――君は変わったね。よもや君が、ひとりであの父上に会いにいくなんて――あんなに彼に怯《おび》えていた君が。いつの間にか、君はそんなにも強くなったんだろうか」

「そうね――私はあなたのおかげで変われたの。もう、私には怖いものはなにもないわ。だって――」

ダイアナはにこりと微笑《ほほえ》んだ。

「あなたがいつでも、私を守ってくださるもの」

クレメンスはグラスを暖炉の上に置くと、歩み寄ってダイアナの側に腰を下ろした。彼は嬉しそうにダイアナの頬を撫《な》でた。

「君が変わったのは、それだけじゃあない。日ごとに美しさが増して、毎日僕はどきどきしった。

「もう、何を言っているの」

ダイアナが目元を赤く染めると、クレメンスは頬からうなじへと指を滑らせ、ため息をつい
た。

「ほんとうに、綺麗になったよ」

「お世辞を言っても、なにもでません」

ダイアナは照れ隠しにわざとつんと顎を反らせた。

「お世辞なもんか」

ふいに背後から抱きすくめられ、首筋をクレメンスの固い鼻梁《びりょう》がなぞった。

「あっ」

擽《くすぐ》ったさに身を竦《すく》めると、彼はそのままうなじに何度も口づける。

「だ、め……」

ぞくぞく背中が震えてしまい、ダイアナは身を捩《よじ》った。

「先にお風呂を……」

「いい。このまま愛したい」

クレメンスはくぐもった声で言い、ダイアナのドレスの背中の釦《ぼたん》を手早く外していく。

「や……だめ……」

コルセットの紐も解かれ、スカートも外されペチコートまで床に落とされてしまう。

薄い絹のシュミーズ一枚になったダイアナを、クレメンスは壊れ物のようにそっと抱きしめる。

「透き通るように白くて、柔らかくて、でも折れそうに細くて。君の身体を見るたび、僕は泣きそうなほど胸が苦しくなるんだ」

彼は今度は結い上げたダイアナの髪から、ピンをゆっくりと抜いていく。

ダイアナは目を閉じてじっとしていた。

こんな風に徐々に無防備にされていくと、全身の肌がひりつくように敏感になり、彼の指先がわずかに触れるだけでも、甘く感じてしまう。

艶やかな長い髪が全部下ろされ、シュミーズも下履きも取り払われ、すっかり生まれたままの姿にされてしまう。

「綺麗だ。ベッドの横に立ってごらん」

言われて、羞恥に震えながらも壁を背にしてまっすぐ立つ。

うつむいていても、クレメンスの視線が肌にちくちく刺さり、それがまた淫らな気持ちに拍車をかけ、下腹部がずきずき疼《うず》いた。

「君の一番美しい姿を隅々まで見ることができるのは、僕だけだ」

クレメンスが満足気にため息をつき、そっと近づいてくる。彼の息づかいや体温を感じるだけで、下肢が蕩けそうに震える。

「乳首がすっかり立って。もう感じている？」

クレメンスが華奢な肩を抱き、首筋や肩甲骨にちゅっちゅっと口づけをしてきた。

「あ、ぁ……」

熱い期待に触れられもしないのに、乳嘴がつんと尖《とが》ってしまう。そこを濡《ぬ》れた口腔《こうこう》に含まれると、心地《ここち》好《よ》さに腰が跳ねた。

「あっ、ああ」

舌先が鋭敏な乳首を転がし、もう片方の乳房を手の平で包まれ、ゆっくりと揉《も》みこまれる。しなやかな指先が乳首を摘んで、こりこりと刺激する。じんじん痺れる喜悦が下腹部の奥に何度も走り、悩ましい鼻声が漏れてしまう。

ふいに強く乳首を噛《か》まれ、甘い悲鳴を上げる。

「痛っ……ぁ」

「痛くされるのも、良いのだろう？」

クレメンスはおかまいなく、すべすべした乳肌を強く吸い上げたり、歯を立てたりして、赤い鬱血を散らす。

「だめ……痕が」

慌てて彼を押しとどめようとした。

「週末に、王室主催の舞踏会に招待されているでしょう？　着ていくドレスは、胸元が深いの」

クレメンスは双乳の間から顔を上げ、苦笑する。

「僕はかまわないが。君が僕だけのものである証だもの」

「わ、私がかまいます。女王陛下も列席なさるのよっ」

真っ赤になって反論する。

「そうか——では」

クレメンスはいきなりダイアナの背中を抱え、ベッドにうつ伏せに押し倒した。

「あっ？」

背後から覆い被さったクレメンスは、彼女のうなじや肩甲骨の間を、何度もきつく吸い上げた。

「痛ぅ、あ、だめ、あぁっ」

しなやかな背中から、柔らかな尻肉まで痛みとともに、口づけが続く。

「そら、一面僕の証だらけだ。こちら側なら誰にも見られないだろう？」

「うぅ……意地悪……」

自分では見えないが、白い背中や尻一面に赤い口づけの痕が残されたと想像しただけで、淫《いん》猥《わい》な興奮が身体を熱くする。

「僕の意地悪も、好きだろう？　君がそそる反応をするから、止められなくなる」

クレメンスがまろやかな尻肉に頬を擦り付け、くぐもった声で言う。

「ひどい……私のせいだなんて……あっ」

クレメンスが双臀を両手でぎゅっと掴《つか》み、左右に大きく押し開き、密《ひそ》やかな後ろの窄まりに口づけしてきた。

「だめ、だめ、そこは……恥ずかしいっ」

むず痒《がゆ》いような焦れるような刺激に、ダイアナは思わず上半身を起こそうとした。

すかさずクレメンスの長い腕が伸びて、背中をぐっと押さえつけた。

「恥ずかしくしているのだもの——その方が、感じるくせに」

彼はダイアナの腰を抱え、下半身だけ起こすようにした。猫が伸びをするような姿勢になった。尻をクレメンスに突き出す格好で、なにもかもが彼から丸見えになってしまい、自分からは相手が見えない分、恥ずかしさが倍加した。

彼はひくつく後孔を、丸めた舌先で何度もつつく。そのたび、昂る刺激にびくびくと腰が浮いた。

「ん、あ、ぁ、や、あぁ……ん」

すべての孔を晒しても、愛するクレメンスだからこそいやらしく感じてしまう。恥ずかしさを堪えていると、なぜかよけいに身体が感じやすくなってしまい、尻が誘うように揺れてしまう。

　すかさずクレメンスは、指で解れかけていた秘裂をぐっと左右に押し開いた。

「あ、あっ」

「蜜が溢《あふ》れて、いやらしい匂いをぷんぷんさせている」

　クレメンスが迷わずそこに口をつける。

「やあ、あぁ、だめ……」

　ちゅうっと陰唇を愛蜜ごと吸い上げられ、花芯を舌先で突つかれると、じわっと広がる喜悦に腰がくねった。

　熱い舌で膨れきった秘玉をぬめぬめと転がされ、そこが固く凝ってひりひりするくらい愉悦が湧き上がる。

「は、あ、あぁ、あっ」

　ダイアナは尻をのたうたせて、あっという間に達してしまった。

　ぐったりシーツに倒れ込みそうになる腰を抱えられ、さらにひくつく膣襞《ちつひだ》を舐《な》められてしまう。溢れる愛蜜をことごとく吸い上げ、ほころび切った花弁を一枚一枚味わい尽くされた。

「んあぁ、あ、だめ、あぁ、もう……っ」

　ダイアナはシーツをぎゅっと握りしめ、間断なく襲ってくる快感に耐えようとした。だが、執拗《しつよう》に鋭敏な秘玉を吸い上げられては、媚肉を舐《ねぶ》り回され、啜り泣くような甘い嬌声《きようせい》が、がどんどん高まってしまう。

何度目かきつく花芯を吸われた瞬間、耐え難《がた》い喜悦にダイアナは思わず前のめりになって、クレメンスの舌から逃れてしまった。

「よくしているのに、なぜ逃げるの？」

ひくひく身体を小刻みに震わせているダイアナに、クレメンスが意地悪く言う。

「だ、だって……だって……」

ダイアナは気怠げに上半身を起こし、潤んだ瞳で彼を見やった。

「ずるい……私ばかり……」

彼女がこちらに向き直り、クレメンスの部屋着に釦に両手をかけた。

「私にも、愛させてください」

そっと部屋着を脱がして、遠慮がちにクレメンスの下履きに手をかけようとすると、彼が自分で前立てを緩めた。

クレメンスの欲望はすでに腹に付くほどに勃ちあがっている。太く脈打つ男根を目の当たりにすると、ダイアナの下腹部の奥がきゅっと疼いた。

そっと両手でびくつく肉胴を包んだ。

それから乞うような視線でクレメンスを見上げた。

「私にできることを――教えて」

いつもクレメンスは自分の秘所を、隅々まで口唇で愛してくれる。自分にも同じように返したいが、試みたことはなく、どうしていいかわからないのだ。

クレメンスがダイアナの髪の毛をそっと撫でた。

「嬉《うれ》しいよ――先端にキスしてくれるかい？」

ダイアナはうなずき、身体を屈《かが》めて先走りの露を溜《た》めている亀頭の先に唇を押し付けた。むっと野性的な男の欲望の匂いが鼻腔を満たす。

ちゅっちゅっと何度か先端に口づけすると、クレメンスが小さくため息をついた。

「いいね――歯を立てないようにして、しゃぶってごらん」

「ん……はい」

こんな淫らな行為が自分でできるとは思ってもみなかった。

だが、愛する人が悦《よろこ》ぶためなら、何でもしてあげたいという欲求のほうが勝っていた。

「んん……ふ、んんぅ」

紅唇を大きく開き、笠の開いた先端を括《くび》れまで呑《の》み込《こ》み、舌先でその括れをなぞりながら両手で太い肉茎をゆっくり扱《しご》いた。

「あ――ダイアナ」

クレメンスが頭の上で心地良さげな声を漏らすのが嬉《うれ》しく、思い切ってさらに男根を咽喉奥まで呑み込んでいく。

「ん、んんんぅ、んふぅ」

長大な屹立《きつりつ》は、ダイアナの慎ましい口腔にはすべて受け入れきれなかった。えづきそうになるのを堪え、深々と咥え込み、言われたように歯を立てないようにして、頭をゆっくり前後に振った。

「ああいい――ダイアナ」

クレメンスが感に堪えないように言い、彼の両手がダイアナの髪の毛を愛《いと》おしげに掻《か》き回す。彼が悦んでいると思うと、触れられてもいないのに秘所の奥がきゅんと甘く収斂《しゅうれん》した。

「ふぅ、く、ふぅ、はぁ、んんんぅ」

ひくつく鈴口からひっきりなしに先走りが溢れ、呑み込みきれない唾液とともに、肉棒の滑りがよくなってきた。舐めているうちに、次第にコツのようなものがわかってきて、びくつく太い血管に沿って舌を強く押し付けて舐め上げたり、唇を窄めて亀頭を扱いたりした。

「ダイアナ――」

クレメンスはおもむろに体勢を入れ替え、ダイアナを仰向けにすると馬乗りになり、互い違いに体位で互いの性器を舐め合う形にした。

「あ、ぁんんんぅ」

クレメンスが口唇愛撫《あいぶ》を開始すると、じわっと感じてしまい内腿《もも》がぶるぶる震えた。

苦しい体勢で、必死にクレメンスの男根を舐めしゃぶる。咽喉奥まで咥え込み、裏筋を舌で辿《たど》り、口蓋の奥で亀頭の括れを締め付ける。

まるで獣のように互いに愛しい部分を口淫する行為に、ダイアナは興奮で頭の中が真っ白になった。

クレメンスが花芯を吸い上げながら、媚肉の中心に指を押し入れてくると、あまりの心地好《よ》さに勝手に膣襞が吸い付いてしまう。

「あ、あぁ、あ、んんぁ……」

指の刺激があまりに強く、ダイアナは口腔愛撫が続けられなくなり、彼の欲望を吐き出して喘《あえ》いでしまう。

「また、達きそうだね」

クレメンスがくぐもった声を出し、指を根元まで突き入れくの字に曲げて、臍《へそ》の裏の感じやすい部分を何度も抉《えぐ》ってきた。

「やぁ、あ、だめ、だめ、だめ……っ」

ダイアナは片手で男の屹立を扱きながら、泣きそうな声を上げた。ほどなく熱い絶頂が襲い、彼女の身体が陸に打ち上げられた魚のようにびくびくと震える。開いた蜜口から、熱い淫潮がびしゃっと吹き出した。

「達してしまったかい？」

クレメンスが身を起こし、ダイアナの恍惚とした表情を覗《のぞ》き込《こ》んだ。

「や……ひどい……見ないで」

艶やかな髪がシーツに広がり、目尻に涙を溜め、口元をクレメンスの先走りで妖しく濡《ぬ》れ光らせた彼女の顔は、ぞくりとするほど妖艶だ。

「どうしてほしい?」

細い顎を掴《つか》んでこちらに顔を向かせると、ダイアナが頬を染めて啜り泣きのような声を漏らす。

「いや……そんなこと……」

何度も身体を重ねているのに、ダイアナは未だにあからさまに自分の欲求を口にすることができなかった。その性的にまだ青く固い部分が、よけいにクレメンスの劣情を煽るということに、気がつかない。

「ちゃんと言わないと、ずっとこのまま舐め続けるよ」

クレメンスの巧みな舌が、ぬるりと膨れ切った秘玉を舐る。

「ひ、ぁあう」

ぞくんと身体中が甘く痺れ、膣腔の奥が満たして欲しくてざわめいてダイアナを追いつめる。

「やぁ、ひどい、もう……クレメンスっ」

ダイアナは首をいやいやと振り、赤子のようにしゃくり上げた。

「て……」

消え入りそうな声でつぶやく。それでもきちんとクレメンスの耳には届いているはずなのに、彼は空とぼけた声を出す。

「ん？　なんだって？」

ダイアナは頬を染め、目をきつく瞑《つぶ》って懇願する。握っている肉胴に、きゅっと力を込めた。

「挿《い》れて……クレメンス、あなたのこれが、欲しいの……」

その言葉を聞くや否や、クレメンスは向き直り、ダイアナの膝裏を抱えて腰を沈めてくる。

両膝が胸に付くほど身体を二つ折りにされ、大きく両足を開かされ恥ずかしい格好にされたのに、期待に下腹部がぞくぞく震えてしまった。

ずぶずぶと熱い剛直が濡れ果てた蜜壺《みつつぼ》に押し入った。

「んんーっ」

苦しい体勢なのに、いきなり子宮口をずんと突き上げられ、瞼《まぶた》の裏が愉悦で真っ白に染まり、四肢を引《ひ》き攣《つ》らせて身悶《みもだ》えた。

「待ち焦がれていたね、すごい締めつけだ」

クレメンスが深い息を吐くと、腰を押し回すようにしてがつがつと抉ってきた。

「あっ、あぁあ、もうっ、達《い》っちゃ……うっ」

あっという間に喜悦の高みに押し上げられ、ダイアナは甲高い悲鳴を上げた。

「まだまだ――もっとだ」

クレメンスは容赦なく腰を打ち付けてくる。

びしゅっと結合部から淫蜜と愛潮が溢れ、互いの股間をぐっしょり濡らした。

「やあ……漏れちゃった……やぁ……」

この頃では、感じすぎると大量の潮を吹いてしまう。クレメンスが、ダイアナの感じやすい箇所を把握したので、彼が意図的にそこを抉ってくると、面白いように漏らしてしまい、恥ずかしくてならない。

「もう、そこ、しないで……もや、いやぁ、あぁっ」

喘ぎながら懇願するが、クレメンスは許してくれない。

「いいね、感じ過ぎて潮を吹く君――達し過ぎて泣いてしまう君。なんて可愛いんだ。僕だけの淫らなドーリィ」

クレメンスは酩酊《めいてい》したような声を出し、さらに体重をかけてダイアナを激しく揺さぶった。

「は、ぁあ、あ、あ、私は、あなただけのものよ……あぁ、クレメンス」

ダイアナは上ずった声で、喘ぎ喘ぎ言う。

「好きよ……愛している……好き……っ」

クレメンスが上半身を屈め、唇を重ねながら答える。

「僕もだ――君だけだ。生涯、君だけしか、愛せない」

「ふ、はぁ、あ、んん、クレメンス……っ」

ダイアナは夢中で彼の唇にむしゃぶりついた。

「――ダイアナっ」

互いに心を通わせた若い情熱が、汗と吐息と粘膜の打ち当たる淫猥なハーモニーを生み出し、部屋の中に響き渡る。

「んんぅ、んっ、んんぅ、はぁあっ」

数えきれないエクスタシーに、ダイアナの理性も恥じらいもいつしか吹き飛んでしまう。

くるおしく身体をのたうたせ、クレメンスの律動に合わせて自らも腰を猥りがましく振ってしまう。

最後の絶頂の大波が、ぐんぐん迫ってくる。

「ぁ、はあ、あ、だめ、あ、も、だめ、クレメンス、も、達《い》く、もうだめ……っ」

「僕も――いくぞ――君の中に」

クレメンスの腰の動きが倍加し、ダイアナの華奢な身体が振り回されそうに揺れた。

「あぁ、あ、来て……お願い、一緒に……っ」

ダイアナは仰け反り、絶頂感とともに強くイキんだ。

灼けた媚肉がぎゅうっと男根を締め付ける。

「く――っ」

クレメンスが低く唸り、ぶるりと腰を震わせる。

「ふあ、は、あぁ、あぁぁあぁっっ」

子宮口に熱い先端が深く食い込み、熱い白濁が大量に迸るのを感じる。

「んん、ん、は、はぁあ……」

ダイアナはびくびくと四肢を痙攣《けいれん》させ、一瞬硬直した。

この瞬間。

愛する人とひとつになって愉悦の高みへ駆け上る刹那が、この上なく愛おしく幸せだ。

クレメンスに攫われるように結婚を強いられるまで、幸せの意味がまったくわからなかった。

いまやっと、ダイアナは心底幸福だと感じる。

「は——」

すべての欲望をダイアナに注ぎ込んだクレメンスが、ゆっくりと彼女の上に崩れ落ちてくる。

その汗ばんだ背中を、ダイアナは強く両手で抱きしめる。

ひとつに溶け合っている。

呼吸も鼓動まで、ぴったりひとつになっている。

満たされ切った浮遊感に身を委ね、ダイアナはもう何も考えられなかった。

「愛しているわ……心から愛してる」

クレメンスが眩しげに目を眇《すが》めてダイアナの顔を見つめた。

「ダイアナ——っ」

クレメンスの顔が、今にも泣き出しそうになる。

クレメンスがそっと啄《ついば》むような口づけをし、ひと言ひと言噛み締めるように声に出す。

「僕も、君を愛している。君だけを愛している」

「クレメンス、嬉しい……」

二人はどちらからともなくきつく抱き合い、何度も何度も唇を食むような愛情を込めた口づけを交わした。

そして、やがてそれは深い口づけに変わり——。

真実の愛を確かめ合った二人の夜は、終わりなく熱く更けていくのだった。

エピローグ

――二人が結婚して、二度目の新春が訪れた。


その夕方、クレメンスはひと月余に渡る領地視察から帰宅した。

「おかえりなさいませ、お疲れさまでした！」

ダイアナは待ちわびたように玄関ホールに迎えに出た。クレメンスは彼女の頬に口づけし、ステッキを渡しながらさりげなく言った。

「彼が――見つかったよ」

ステッキを受け取ったダイアナは、はっと顔を上げる。

クレメンスはうなずいた。

「君の父上――屋敷を出て行ってから、行方知れずになっていたヒューズ侯爵の行方だ」

ダイアナは自分から問うことはしなかった。クレメンスは少し躊躇った後、言った。

「イーストエンド地区の貧民街のアパートにいる」

ダイアナの眉がかすかに上がった。

「そうですか――」

ずっとクレメンスが、探偵社に父の所在を探させていたことは知っていた。もはやクレメンスの妻となり、彼と心を通わせたダイアナにとって、父のことはどうでもいいことだと思っていた。

だが、こうして父が落ちぶれている事実を知らされると、憐憫の情がわいてくる。

「彼は多大な負債を抱えていた。その上、賭博にはまっていた。僕が彼に支払った相当の金も、もはや使い尽くしてしまったようだ」

クレメンスは部屋に向かいつつ、側に並んだダイアナに気遣うように、言葉を選んで話した。

ダイアナは黙って聞いていた。

部屋の扉の前で、クレメンスは立ち止まってダイアナに顔を振り向けた。

「君は――どうしたい？　父上のことを」

ダイアナはしばらく無言でいたが、心のうちを素直に口にした。

「どうとも――私は今はカーター伯爵夫人です。ヒューズ家の人間とは思っていません」

「そうか――」

クレメンスはなにか考え込むような顔で、部屋に入った。

ダイアナはいつものように、寝室で彼の着替えを手伝った。

部屋着に袖を通すとき、クレメンスはぽつりと言った。

「君の父上から購った爵位は、彼に返そうと思う」

ダイアナはもの問いたげに彼を見た。

「爵位があれば、終身の貴族年金が入る。君の父上がその金をどう使うかは、彼次第だが。いずれにせよ、あの人は最後のヒューズ侯爵となるんだ」

それは、クレメンスなりの心づくしとも、皮肉ともどちらとも取れた。ダイアナは前者と受け止め、穏やかな口調で答えた。

「そうですね――それがよろしいわ」

「うん、わかった」

クレメンスはうなずいた。

ダイアナは話題を変えるように、言った。

「それより、あなた、長期出張でお身体は万全なの？」

「うん。医者が言うには、月に一度のリハビリももうすぐ終了だそうだ。日常生活にはなんの問題もない。あのとき、君が精魂込めて僕を看病してくれたおかげだよ」

「いいえ――あなたこそ、落馬しそうな私を身を挺して救ってくれた。あなたは、私たちの命の恩人になったのよ」

クレメンスは嬉しそうに微笑み、それからふっと表情を変えた。

「ん？　今、なんて？」

ダイアナは悪戯っぽく笑った。

「私、たち、よ」

クレメンスの目が大きく見開かれた。

「なんだって⁉　まさか――」

ダイアナは頬を染めてうなずく。

「先月まであまり食欲もでなくて、だるい日が続いていたの。ヘンリーにも強くすすめられたので、お医者様に診ていただいたの――そしたら……」

ダイアナは、まだ膨らみの目立たない腹にそっと手を当てた。

「どうやら、赤ちゃんができたみたいです」

「ああっ？　そうなのか？　そうだったのか⁉」

クレメンスが喝采を上げる。

「ブラヴォー！　よくやった、ダイアナ！」

彼は興奮してダイアナを強く抱きしめた。そして、髪と言わず頬と言わず、彼女の顔のありとあらゆる部分に口づけの雨を降らした。

「こんな素晴らしい日があるだろうか？　もうリハビリなんかいらないな。今の僕なら、コサックダンスだって踊ってみせるよ！」

クレメンスが少年のようにはしゃぐ姿に、ダイアナの胸は幸せでいっぱいになる。

「私、必ず丈夫な赤ちゃんを生むわ」

「うんうん。ああ、今度は三人でいろんなところに行こう。外国にだって、行くぞ。男の子なら勇気ある誠実な子に、女の子なら君みたいに美しくて芯の強い子に育てよう。うん、一人と言わず、これから沢山子どもを作ろう。ああ素晴らしいぞ。わくわくしてきた」

クレメンスは頬を染め、きらきら輝く目で未来を語る。

「この先どんな人生が待っていても、いつも君が側にいるんだ」

「ええ、ずっとあなたの側にいるわ」

「幸せにするよ」

「もう充分幸せだわ」

「いや、もっともっと幸せにしてやる」

「ふふ、してください」

二人はしっかり抱き合い、何度も何度も口づけを交わした。

(富めるときも貧しきときも、病めるときも健やかなるときも、死が二人を分かつまで、愛し慈しみ貞節を守ることをここに誓います)

ダイアナはクレメンスの胸に抱かれ、心の中でつぶやいた。

あの修道院での強引な結婚式のときは、まるで心に響いてこなかった結婚の誓いの言葉が、今、しみじみとダイアナの胸に迫ってくる。

尽きることのない口づけをしているうちに、ふと、クレメンスがばつの悪そうな表情になった。

「いかん——」

ふいに身体を離そうとする彼を、ダイアナは不審気に尋ねた。

「どうしたの？」

クレメンスが目の縁を染める。

「いや——その気になってきてしまった。帰宅したら、真っ先に君を抱こうと——いや、その……」

顔を背けるクレメンスに、ダイアナはくすくす笑った。

「え？」

「お気持ちはわかるわ——でも、あの……だいじょうぶよ」

「あなたが出張中に、安定期に入ったの。もう、悪阻《つわり》もおさまったし。お医者様は、過度な行為でなければ、よろしいって……」

言っているうちに自分で恥ずかしくなってしまい、ダイアナは顔を伏せた。

「ほんとに？　だいじょうぶ？」

「ええ」

クレメンスがそっと肩を抱く。

「苦しくなったら、すぐに言ってくれ」

「はい」

クレメンスがダイアナの首筋から肩へと、口づけを下ろしていく。その柔らかな感触に、ダイアナの下肢にさざ波のように熱い疼きが走る。

「愛してるわ……」

ダイアナは深いため息をついて、クレメンスの胸に身体をあずけた。

あとがき

皆さんこんにちは！　すずね凜です。

この度は拙著をお手に取っていただき、誠にありがとうございます。

今回もラブ度官能度、共に１２０％増しでございます（当社比）

さて、私はヴィクトリアン時代をベースに乙女系を書くことが多いです。まだ貴族時代の直りを残し、そこに近代文明の波が押し寄せ、ほどよくノスタルジックな雰囲気があるのが気に入ってます。

この頃にはもう写真技術が生まれていましたので、相当数の風俗風景写真も残っています。当時の写真を眺めているだけで、同調性の高い私はその時代にタイムスリップした気持ちになります。資料を漁っているうちに、当時のロンドンの道路網にも詳しくなりました。

だがしかし。

現実には、私はひどい方向音痴なんです。

初めて行く場所では、ほぼ十割の確立で道に迷います。このナビが発達した時代においても、迷います（なぜだ？）そのため、初めての場所で約束する場合は、道に迷う時間も考慮して家を出るという本末転倒なことをしております。

道順を覚えるとき、俯瞰的に覚えられないみたいで、周囲の建物や景色で覚えていることが多く、そのため家が取り壊されたり新しい建物が建ったりすると、てきめん迷子になるのです。

私は車の運転をしますが、もちろんナビつきです。

だがしかし。

私はナビの指示に従わないことが多く、

「いや多分こっちの方が近道だよ」

などと独り合点して、反対方向へ平気で走っていってしまうのです（なにをやっとるんじゃ！）

ナビさんの怒り心頭です。

「ルートを外れました！」「ルートが違います！」

と連呼しながら、必死で次の新しいルートを探し出してくれます。大抵遠回りのあげく、目的地に到着するので、車で出かける時は迷う時間を考慮して家を出て——だからー、最初からナビさんの指示通り行けっての！

まあでも、道に迷うと意外な景色やお店に遭遇するということもあり、そうそう悪いことばかりではないです。路地を抜けたところに、おしゃれな可愛い小物屋を見つけたりすると、ダンジョンで迷っていたら偶然宝箱を見つけた勇者な気分。ただ、方向音痴なので、そのお店にもう一度行こうと思うと、永遠に行き着けないのですが——おいっ。

閑話休題。

今回も、原稿にいろいろ的確なアドバイスをくださった編集さんに感謝いたします。

また、愛らしい挿絵を描いてくださった高野先生にも大感謝です。ダイアナの可憐な表情に、ぐっときました。

そして、いつも読んでくれて応援をしてくださる読者の皆様に、最大級の感謝をいたします。

このメールが主流な時代、手書きのファンレターをくださる読者の方もおられて、涙が出るくらいありがたく思っています。

これからも、道に迷っても、物語だけは迷走しないよう、全力で頑張ります。

それではまた、次のお話でお会いできる日まで！

すずね凜

蜜猫 Mitsuneko Label

蜜猫文庫をお買い上げいただきありがとうございます。
この作品を読んでのご意見・ご感想をお聞かせください。
あて先は下記の通りです。

〒102-0072　東京都千代田区飯田橋 2-7-3
(株)竹書房　蜜猫文庫編集部
すずね凜先生 / 高野 弓先生

新婚溺愛物語
～契約の新妻は甘く蕩けて～

2016年6月29日　初版第1刷発行

著　者　すずね凜　

発行者　後藤明信

発行所　株式会社竹書房
〒102-0072 東京都千代田区飯田橋 2-7-3
電話　03(3264)1576(代表)
　　　03(3234)6245(編集部)

デザイン　antenna

印刷所　中央精版印刷株式会社

Printed in JAPAN
ISBN978-4-8019-0755-3　　C0193

すずね凜
Illustration なま
皇帝陛下の溺愛婚
獅子は子猫を甘やかす
もう待たない。お前は
もはや私のものだから。
幼い頃から憧れていた美しく凛々しい皇帝レオポルドに見初められ、側室に召し上げられたシャトレーヌ。獅子皇帝と呼ばれ気性が荒いことで有名な皇帝は年より幼く見える彼女を、マ・シャトン（私の子猫）と呼んで舐めるように溺愛する。「これで——お前はほんとうに私のものだ」逞しい彼に真っ白な身体を開かれ、毎日のように愛されて覚える最高の悦び。さらにレオポルドはシャトレーヌを唯一人の正妃にすると言いだして——⁉

両国の安定のため、幼い頃意地悪をされたアルランド国王オズワルドとの結婚を決めたクリスティーナ。再会した彼は逞しい美丈夫に成長していたが、昔されたことや、皮肉っぽい態度にとても素直になれない。迷いつつ迎えた初夜、情熱的な愛撫でクリスティーナを翻弄するオズワルド。「すぐに君から私を欲しいとねだるようにさせるさ」からかいながらも甘く求めてくる彼に、悔しく思いつつときめいてしまうクリスティーナは!?

買われた新妻は溺愛される
森本あき
Illustration 駒城ミチヲ
オレ様資産家×勝気令嬢
破産寸前の実家を救うため、ザッカリーとの結婚を承諾したヴィヴィアン。彼は美貌で有能な新興の資産家だが上流階級の古い体質をバカにしており口調も乱暴。反発するヴィヴィアンは彼と口論しては負けていやらしいことをさせられてしまう「腰を動かして、俺をイカせたら終わりだ」朝も夜も彼に悦楽を教えられて蕩けていく身体。意地悪されつつ溺愛され、ザッカリーに惹かれていくヴィヴィアンは!?――溺愛系新婚ラブコメディ。